U0579683

一念三千里

毕淑敏 著

漓江出版社

图书在版编目(CIP)数据

一念三千里 / 毕淑敏著. 一

桂林：漓江出版社, 2018.1（2018.6重印）

ISBN 978-7-5407-8323-5

Ⅰ.①—… Ⅱ.①毕… Ⅲ.①散文集 – 中国 – 当代

Ⅳ.①I267

中国版本图书馆CIP数据核字(2017)第268419号

YINIAN SANQIANLI

一念三千里

毕淑敏 著

策划组稿：文龙玉

责任编辑：章勤璐

书籍设计：石绍康

责任监印：周萍

出版人：刘迪才

漓江出版社有限公司出版发行

社址：广西桂林市南环路22号

邮编：541002

发行电话：0773-2583322 010-85893190

传真：0773-2582200 010-85890870-614

电子信箱：ljcbs@163.com

网址：http://www.lijiangbook.com

印制：三河市西华印务有限公司

开本：787×1092 1/32

印张：7.5

字数：130千字

版次：2018年1月第1版

印次：2018年6月第2次印刷

书号：ISBN 978-7-5407-8323-5

定价：45.00元

如发现印装质量问题，影响阅读，请与承印单位联系调换

［电话：13693511777］

目　录

第一辑　一念三千里

第二辑　心轻者上天堂

第三辑　为生命找到意义

第一辑

一念三千里

一念三千里

写下个"念"字，盯着细细看一会儿。

念，由"心"和"今"组成。顾名思义是"心中当下的想法"。

我们常说"生出一个念头"，可见这个"念"是个活物，像个婴儿，有头有脑。既然有首，接下来就会有身子和腿。而且这一切既然诞生，想来要有个母体。有生就有死，念头便可以发芽也可以消遁。

那么人的一天，会有多少个念头生出呢？要回答这个问题，先要搞清念头的周期长短。换句话说，就是大致算出一个念头存活多长时间。

"念"，在佛教典籍中，身世不凡大名鼎鼎。

"念"来自法显和尚从印度带回国的《摩诃僧祇律》。第17卷中说："一刹那者为一念，二十念为一瞬，二十瞬为一弹指，二十弹指为一罗预，二十罗预为一须臾，一日一夜有三十须臾。"

恕我把话头拉开，先说说《摩诃僧祇律》。

佛陀说了一辈子的法，到了入灭时分，众弟子推阿难向佛陀请教四个问题。其中之一是"佛灭度后，以何为师？"翻成大白话就是——"您死了以后，我们听谁的呢？"佛的弟子真够直言不讳。

佛陀答："以戒为师。"意思就是"那就按戒律说的办"。

这说明戒律非常重要。导师人不在了，戒律就是师傅。戒律是什么？是佛在世时，针对弟子所犯的过失，逐渐定出来的规矩。"随犯随制"，刚开始有点边设计边施工的意思，最后不断完善，终成包罗万象的庞大体系。

佛教戒律传入中国，始于三国时期。之前的汉地僧人，虽剃除须发，身着缦衣，并不曾受大戒。到了东晋时期，戒本残缺不全或干脆佚失，僧人们便无法度可依。法显老和尚看在眼里急在心里，不顾快 60 岁的身躯，跋山涉水前往印度求取梵本律典。

公元 399 年，老人家从长安经河西走廊翻越葱岭，终于到达印度，参学 8 年，记录下包括《摩诃僧祇律》的四部典籍。他再接再厉，又到斯里兰卡继续寻典，历经 15 年，途经 31 国。回国后，与人合译出宝卷。

《摩诃僧祇律》中说一念等同于一刹那。但它到底是多长时间？要倒推。一日一夜有 30 个须臾。一天 24 小时，合 1440 分钟，折算 1 "须臾" 为 48 分钟。

一直以为 "须臾" 非常短暂，但它比小学生一节课时还多 3 分钟，令人意外。

为开脱自己的孤陋寡闻，我问周围的人，烦请您说说，一 "须臾" 是多长时间？

人们看出我的不怀好意，拒不回答。在我一再恳请下，才说——1 秒？ 10 秒？好像眼睛眨一下，好多个须臾就过去了。

我说，再往长里猜猜。

他们敷衍道，最多也不过一两分钟吧。

佛会把这答案，判作不及格。

刚说的是舶来的 "须臾" 论，咱也有土产的解释。

成书于西汉的《礼记·中庸》中说："道也者，不可须臾离者也，可离非道也。"它在年代上比法显和尚古老，不过似乎不甚严谨精确。

每个须臾合 20 个罗预，48 分钟除以 20，1 个罗预就是 2.4 分钟。20 个弹指为一个罗预，1 个弹指就是 7.2 秒。这 7.2 秒又可再细分为 20 个瞬间，1 个瞬间就是 0.36 秒。这 0.36 秒又可再细分为 20 个刹那，每一个刹那就是 0.018 秒……

有点乱是不是？直接记住这个结论吧——1 个念头的具体时间长度为 0.018 秒。

念头比闪电还快！起于精微，源自无明。产生之后见风就长，跨越天地时空，纵横驰骋风驰电掣。念头可分好坏。它一动，就有倾向发生。要么是善，要么是恶，要么是善恶夹杂。你纵有万千念头，也逃不脱这窠臼。

既然念头一动，只用 0.018 秒。一天之内，除去睡觉的 8 小时（白领们看到这里估计要苦笑抗议，因为每日难以保证 8 小时睡眠。姑且按照好吃懒做的我来计算吧），还有 16 个小时，合 960 分钟。换算为 57600 秒。除以 0.018，得出的念头数……吓死人！是 3200000。也就是说，我的脑海中每天有 300 多万个念头闪过，泡沫般无常。

念头组成了我们的命运。所有人的生活，无不源自这经纬复杂繁多变幻的念头。念头生生不息，我们奔波不已。念头衍生出五光十色的世界，一旦念头止息，生命也就终结。从这个意义上说，念头是组成我们生命质量的金色颗粒。

念头交织，故"一念三千"。

此典出于佛教的天台宗。隋朝智者大师号称"东土小释迦"，他认为人的当前一念心，就具有三千种法的内容，从而也就显现出宇宙的全体。苦乐升沉，光明黑暗都从一念而起，要从一念深处净化自心。

因喜欢这说法，有时会向友人结结巴巴学说一番。某朋友听后若有所思道，哦哦，一念三千里。

我说，没有"里"，一念三千。

他说，佛理深奥，我也不大搞得明白。加上一个"里"字，便成了俗语。念头和念头之间的差异，三千里之遥怕也是打不住的。

他自攒出来的话，离开了庄严佛经，潜入了诡谲江湖。

念头如果有颜色，可不得了。有吉祥的红色，有土豪的金色；有杀戮的猩黑，有春意的绿蓝……内心如同最斑斓的调色盘。念头如果有重量，有重达千钧的，有轻如鸿毛的。有不轻不重但黏腻难缠的，有随生随灭云淡风轻的……内心如同沸腾的一锅关东煮。

念头如果有年龄，有从一而终贯穿几十年甚至整整一生的，有速生速灭秋水无痕。有历久弥坚的，有余音袅袅的，有稍纵即逝永无再现的，有忠贞不渝化成木乃伊也坚守初衷的。

念头如光！ 0.018 秒之间，纵横 3000 里，这是什么速度？一秒钟可跑 165000 里，合 8 万多公里，可绕地球 2 圈多。如果以北京为圆心，3000 里到哪儿了？按照直线距离，南可至广州，北可抵哈尔滨。西达兰州，向东就出国游到了太平洋。

心的容量如此之大，运转如此迅捷，名目如此繁多，善恶如此纷杂，令人惊悚。

我热衷于看电视中的法制节目，尤其爱看抓住罪犯后对他们的审讯过程。先生纳闷，说你是在研究他们的长相吗？

我说，虽说相由心生，但罪犯常常十分年轻，年轮之刀尚未完成对他们面貌的雕琢。有些颜面，未脱天真混沌之相。

先生说，那你看的是什么？

我说，我在听他们供述犯罪时的想法。

那些供述，有让人难以置信的简单戾气。提到为什么要杀人，会说，并没有想把他打死，只想教训一下，谁知，人就死了。

谈到投毒，会说，只想开个玩笑。

肇事逃逸，致使原本可以救助的伤者命丧黄泉，司机说，因为害怕。

将相识多年的恋人杀死，凶手说，太爱……

凡此种种，我们多半以为那是罪犯避重就轻，借故推脱，搪塞说谎……这情形当然是有的，不过，以我懂得些的心理学知识，加之种种观察，也会发现很多人竟是真话。更有人说，脑海中一片空白，完全不知自己怎么想的。

人们通常认为这是无耻的抵赖，殊不知，他们果真一脸错愕，处于惘然之中。

一念三千里。

一个念头所导致的结果，并不是在那个念头萌生之时就可以完整地预估预判的。念头只负责"头"，却不顾及尾。念头太快了，而这世界上的事情，本不应那么快的。太快了，就有灾难结伴尾随的嫌疑。

念头是如何产生的，并不十分清楚，它具有我们所不知晓的某些黑暗性质。陌生的力量所产生的念头在指挥我们的行动，的确是不可掉以轻心的重大问题。

念头也有很多充满良性和善意。有人会说，善念涌起，我是不是应该马上按照好念头去行事呢？晚了会不会后悔？

这世界上有些好事情，可能需要 0.018 秒的时间去决定和完成。但绝大多数的好事情，不会毫无征兆，冷不防现身，之后泥牛入海永不复见，像妖术飘忽。尽管如此，也不能铁口断言好事就不会在 0.018 秒中埋藏。只是，这概率有多少呢？作为普通人，遇到这般机遇的可能性又有多少呢？我觉得极小概率的事情，和普通人相距遥远。总爱极端化的人，骨子里多是高度自恋叠加目空一切。

一个念头和一个念头之间，可能一在天堂一在地狱，好骑手应能驾驭选择。让念头刹车转弯，让念头褪色重染，让念头从容消遁，让念头春风又生。好的念头，如一个浮力优等的筏，在脑海中辗转腾挪无惧风浪。它的生命力当千万亿倍于 0.018 秒，直到我们按照它的指引，做出后续美好的行动。好念头变成好行动，乃人生要务。

凝视崇高

文学浮动于金钱与卑微之中，躯体已被湮没，只剩下一颗苍老的头颅。

这是一个崇尚"轻"的时代，从太太的体重到人生的信仰，从历史的评说到音乐的节奏，以"轻"为美已成为风范。

究其原因，我们的共和国虽说年轻，业已经历了半个多世纪的和平。战争的瘢痕上已开满了鲜花，关于火与血的故事已羽化为神话。世界上两大阵营的消弭，使我们在瞬间模糊了某种长期划定的界限。当人们发现以往的沉重已无处附丽，就掉转头来寻觅久已遗失的"轻松"，是反叛，也是回归。更不要说"文化大革命"中样板戏的"高、大、全"，让许多人以为那就是崇高。

人心世道发生了大变化，人们在一个充满阴霾的早上发现金钱是那么可爱。中国人喜欢矫枉过正，因为我们的人口多。大家同时发现了一个真理，同心协力、"人多力量大"的结果就是把它逼近谬误。一位研究历史的长者对我说，这一次金钱大潮对知识分子信仰冲击的力度，甚于历次政治运动。那时是别人看不起你，这一回是让你自己看不起自己……

于是蔑视崇高成为一种"时髦"。

人们不谈信仰、不谈友谊、不谈爱情、不谈永远。人欲横流、物欲横流被视为正常，大马路上出现了一位舍己救人的英雄，人们可以理解小偷，却把救人者当作异端……

文学家们（请原谅我把一切舞文弄墨的人都归入其内）便有了自己的选择。

于是我们的文学里有了那么多的卑微。文学家们用生花妙笔殚精竭虑地传达卑微，读者们心有灵犀地浅吟低唱领略卑微。卑微像一盆温暖而混浊的水，每个人都快活地在里面打了一个滚儿。我们在水中荡涤了自身的污垢，然后披着更多的灰尘回到太阳底下。这种阅读使我们得到前所未有的满足，原来世界已一片混沌，我们不必批判自身的瘰疬，比起书中的人物，我们还要清洁得多哩！

崇高的侧面可以是平凡，绝不是卑微。

福克纳在接受诺贝尔文学奖时曾说，诗人和作家的特殊光荣就是"提醒人们记住勇气、荣誉、希望、自豪、同情、怜悯之心和牺牲精神，这些是人类昔日的骄傲。为此，人类将永垂不朽"。

这就是伟大作家的良知。

面对卑微，我们可以投降，向一股股浊流顶礼膜拜，写媚俗的文字、趋炎附势的文字，将大众欣赏的口味再向负面拉扯，一边交上粗劣甚或有毒的稗子，换了高价沾沾自喜，一边羞答答地说一句"著书只为稻粱谋"。其实若单单为了换钱，以写字做商品最慢，而且利益菲薄。稿费的低廉未尝不是好事，在饿瘦了真正的文学家的同时，也饿跑了为数不少的混混儿，起到了某种清理阶级队伍的作用。

其实卑微并不是我们的新发现，它是祖先遗传给我们的精神财产，你要也得要，不要也得要，伴随我们的整个历史。在文学作品中，它也始终存在，只是从未做过主角。好比鲁迅先生鞭挞过的"二丑艺术"，就是一种形象的卑微。二丑什么都明白，表面上唯唯诺诺，背后里指点江山，但他们依旧为虎作伥。

对抗卑微是人类生存的需要。人是一种构造精细又孱弱无比的生物，对大自然和对其他强大生物的惧怕，使人类渴望崇高。

我很小的时候到西藏当兵，面对广漠的冰川与荒原，我体验到个人的无比渺小。那里的冷寂使你怀疑自身的存在是否真实，我想地球最初凝结成固体的时候大概就是这样。山川日月都僵死一团，唯有人，虽然幼小，却在不停地蠕动，给整个大地带来活泼的生气。我突然在心底涌动着奇异的感觉——我虽然如草芥一般，却不会屈服，一定会爬上那座最高的山。

当我真的站在那座山的主峰之上时，我知道了什么叫作崇高。它其实是一种发源于恐惧的感情，是一种战胜了恐惧之后的豪迈。

也许是青年时代给我的感受太深，也许我的血管里始终涌动着军人的血液，我对于伟大的和威严的事物有特殊的热爱。我在生活中寻找捕捉蕴含时代和生命本质的东西，因为"崇高"感情的激发，有赖于事物一定的数量与质量。我们面对一条清浅的小河，可以赞叹它的清澈，却与崇高不搭界。但你面对大海的时候，感觉就完全不一样了，它的澎湃会激起你命运的沧桑感。我这里丝毫不是鄙薄小河的宁静，只是它属于另一个叫作"优美"的范畴。

我常常将我的主人公置于急遽的矛盾变幻之中。换一句话说，就是把人物逼近某种绝境，使他面临选择的两难困惑。其实我们每个人在自己的一生中，都会遭遇无数次选择。人们选择的标准一般是遵循道德习惯与法律的准则，但有的时候，情势像张开的剪刀刈割着神经，我们不知道该如何处置眼前的窘境。在这种犹疑彷徨中，时代的风貌与人的性格就凸现出来。人们迟疑的最大顾虑是害怕选择错了的后果，所以说到底，还是内在的恐惧最使人悲哀。假如人能够战胜自身的恐惧，做出合乎历史、顺乎人性的抉择，我以为他就达到了崇高。日新月异的时代，为我们提供了层出不穷的"选择"场地，这是我们这一代作家的幸运。

我常常在作品里写到死亡。这不单是因为我做过多年医生，面对死亡简直成了生活中的一部分，而且因为崇高这块燧石在死亡之锤的击打下，易于迸溅灿烂的火花。死亡使一切结束，它不允许反悔。无论选择是正确还是谬误，死亡都强化了它的力量。尤其是死亡之前，大奸大恶，大美大善，大彻大悟，大悲大喜，都有极淋漓的宣泄，成为人生最后的定格。中国有句古话，叫作"人之将死，其言也善"，就是说人临死前爱说真话，死亡是对人的大考验。要是死到临头还不说真话，那这人也极有性格，挖掘他的心理，也是文学难得的材料。

我常常满腔热情地注视着生活，探寻我不懂的事物，对世界充满好奇。我并不拒绝描写生活中的黑暗与冷酷，只是我不认为它有资格成为主导。生活本身是善恶不分的，但文学家是有善恶的，胸膛里该跳动温暖的良心。在文学术语里，它被优雅地称为"审美"。现如今有了一个"审丑"的词，丑可以"审"（审问的审），却不可赞扬。

当年我好不容易爬上那座冰山，在感觉崇高的同时，极目远眺，看到无数耸立的高峰，那是喜马拉雅山、冈底斯山、喀喇昆仑山交界的地方。凝视远方，崇高给予我们勇气，也使我们更感觉自身的微不足道。

因为山是没有穷尽的。

心是一只美丽的小箱子

　　小时候上学，很惊奇以"心"为偏旁的字怎么那么多？比如：念、想、意、忘、慈、感、愁、思、恶、慰、慧……哈！一个庞大的家族。

　　除了这些安然地卧在底下的"心"以外，还有更多迫不及待站着的"心"。这就是那些带"竖心"旁的字，比如：忆、怀、快、怕、怪、恼、恨、惭、悄、惯、惜……原谅我就此打住，因为再举下去，实在有卖弄学问和抄字典的嫌疑。

　　从这些例证，可以想见当年老祖宗造字的时候，是多么重视"心"的作用，横着用了一番还嫌不过瘾，又把它立起来，再用一遭。

　　其实，从医学解剖的观点来看，心虽然极其重要，但它的主要工作，是负责把血液输送到人的全身，好像一台水泵，干的是机械方面的活，并不主管思维。汉字里把那么多情绪和智慧的感受，都堆到它身上，有点张冠李戴。

真正统率我们思想的，是大脑。

人脑是一个很奇妙的器官。比如学者用"脑海"来描述它，就很有意思。一个脑壳才有多大？假若把它比成一个陶罐，至多装上三四个大"可乐"瓶子的水，也就满满当当了。如果是儿童，容量更有限，没准儿刚倒光几个易拉罐，就沿着罐口溢出水来了。可是，不管是成人还是小孩的大脑，人们都把它形容成一个"海"，一个能容纳百川波涛汹涌的大海。这是为什么？

大脑是我们情感和智慧的大本营，它主宰着我们的思维和决策。它能记住许多东西，也能忘了许多东西。记住什么忘却什么，并不完全听从意志的指挥。比方明天老师要检查背诵默写一篇课文，你反复念了好多遍，就是记不住。就算好不容易记住了，到了课堂上一紧张，得，又忘得差不多了。你就是急得面红耳赤抓耳挠腮，也毫无办法。若是几个月后再问你，那更是云山雾罩一塌糊涂。可有些当时只是无意间看到听到的事情，比如路旁老奶奶一句夸奖的话，秋天庭院里一片飘落的叶子，当时的印象很清淡，却不知被谁施了魔法，能像刀刻斧劈一般，永远留在我们记忆的年轮上。

我不知道科学家最近研究出了哪些关于记忆和遗忘的规则，反正以前是个谜。依我的大胆猜测，谜底其实也不太复杂。主管记住什么、忘记什么的中枢，听从的是情感的指令。

我们天生愿意保存那些美好、善良、友谊、勇敢的事件，不爱记着那些丑恶、虚伪、背叛、怯懦的片段。当然，这并不是说人应该篡改真相，文过饰非虚情假意瞎编一气，只是想说明我们的心，好像一只美丽的小箱子，容量有限。当它储存物品的时候，经过了严格的挑选，把那些引起我们忧愁和苦闷的往事，甩在了外面，保留的是亲情和友情。

　　我衷心希望每个人的小箱子里，都装满光明和友爱。

抑郁的源头

每个人都是这样密切地与他人相关，所以当彼此的关系断裂时，才显出空旷无助的凄楚。断裂的原因，可能是误解、背叛、欺瞒、争吵、鄙视……死亡当然是最彻底的断裂了。生命是一根链条，其中一环断了怎么办？唯一的方法是把链条再接起来。这是需要花工夫动脑子的事情。

看过一个熟练的布厂女工表演棉条的连接。棉条断了，每一根棉丝都断了，如同一根雪白的冰棒被截断。女工把需要吻合的两根棉条对接，展开，让每一根棉丝都找到连接的位置，然后轻轻地捻动，让它们在旋转中融为一体。接好了，抻拽一番，融合得天衣无缝。

这个过程形象地说明了建立新关系的步骤。找到新的位置，然后从容不迫地连接，新的关系就慢慢建立起来了。

世界上的事，简言之，都是关系使然。人的全部活动，就是三种无法逃避的关系。

第一重，是人和自然的关系。人类是自然之子。没有自然，就没有了人所依附的一切。大自然的伟力，在城市里的人，不大容易体会得到。你到空旷的山野和广袤的沙漠中，你置身于晴朗的夜空之下，你在雪山顶端和海洋中央之时，比较容易找到人类应该待着的位置。

第二重关系，是人和自我的关系。你离不开你自己。只要你活一天，你就和自己密不可分。就算是你的肉身寂灭了，你依然和自己的精神痕迹紧紧地贴附在一起，无法分离。

第三重关系，就是人和他人的关系。纵观世界上无数的悲欢离合、潮起潮落，无非就是在这重关系上的跌宕起伏。人是被称为"人群"的，人不是单独的个体，而是人以群分。

这三重关系，无论哪一重发生了断裂，都是噩耗。我们是相互联结的，没有哪一部分的震荡，其他部分可以幸免。所以，海明威说，不要问丧钟为谁而鸣，丧钟为你而鸣。

人永远不要割断自己同他人的联系，不要割断同祖国的联系，不要割断同祖先的联系，不要割断同亲人的联系，不要割断同工作的联系，不要割断同历史的联系，不要割断同文化的联系……正是这重重联系，像斜拉桥的绳索一样，托举着你成为你。

如果桥梁的绳索断了，谁都知道要在第一时间将它修复。但是，人的关联的绳索断了，一时半会儿好像看不出非常严重的后果。你还是你，可以按时上班，可以听音乐和下饭馆，可以聊天和静思。但是，且慢，时间长了，是一定要出岔子的。很多的抑郁症就是这样悄无声息地发生了。我曾经听过一位美国心理学家讲述治疗抑郁症的新疗法，他很决绝地说，世界上所有的抑郁症，都是在关系上出了问题。

真是这样的吗？

你可以不信，但可以好好想一想。

嘘，梦不可说

别说梦。

梦不可说。梦是一团混沌，清醒时的事尚且说不清，昏蒙中的意象岂不更是虚妄。梦是不可描绘的。勉强点染出来，也必不可信。就算浮出脑海的时候，梦还是完整的，醒来时就丢了一半。说出来时，又丢了一半。断了线的地方，犹如豁了牙的嘴，摆在那里漏风，终不美观。于是主人就有意无意地将它修补起来，看起来倒是白闪闪地连贯了，但使人连那真的部分也不相信了。

梦是真的，说了就成了假的。只能留给一个人安静地反刍。它不是一个故事，无须像油炸蝎子似的全须全尾。梦不是给人表演的时装，无须矫饰无须猫步无须赶潮流。梦不是音乐，无须优美无须激荡也用不着震撼。梦是不需要负责任的，因此可宣泄可谵狂可随心所欲可放荡不羁，只要不梦游就行。

那么，梦就真的无法表达了吗？人人都有的一段经历，竟成了盲区，无法交流无法记载来无影去无踪，袅袅如风吗？

我们看不见风，我们可以从草叶和花瓣的滚动上，看到风的边缘。我们就这样来找寻梦吧。

梦是一种心境，一种气氛。做完了那个梦，我们醒来时的那一份思绪，便几乎是那梦的全部了。倘是欣喜，不必问梦是什么，快快乐乐地欣喜下去，一天都温馨。这从天上掉下来的礼物，不要问是谁的赠予，尽可能长久地保存就是了。倘是恐惧，赶紧用冷水洗个脸，舒舒服服地另换一个梦做吧。把自己从噩梦里拔出来，犹如把一个萝卜甩掉湿泥，晾在太阳下面。世上确有许多结有恶果的事情，但它们没有一件是因了害怕而可稍微减轻。梦是一件没有结果的事情，更无须怕它。假如遇见了远去的亲人，无论他是在迢迢远方还是已然仙逝，都该相庆。梦是一张黑白相片，会唤起我们悠远的记忆。许多淡忘了的人，栩栩如生地走到我们的面前，笑着同我们打招呼。梦好像给了我们一双特殊的眼睛，白天看不到的东西，晚上却那样清晰。感谢梦把我们同纷乱的尘世隔绝，进入一个纯属个人的世界。为了这一份唯一不会有人插足的恬静，纵是在梦中哭醒，也该擦擦眼泪，然后安然。

我们在清醒时几乎什么都可以说了。饮食可说，男女可说，国家大事可说，鸡毛蒜皮可说。语言的原子弹在各个领域爆炸，人类情绪已被剥离得体无完肤。我们越来越理智，越来越渊博，越来越聪颖，越来越果决……言语的锋芒锐不可当，然而梦像一堵坚壁挡住了它。

你无法形容梦。你不知道它从哪里来，你不知道它要到哪里去。人类可以弹指间在试管中制造一条生命，人类穷毕生之力却无法酿造一个随心所欲的酣梦。

祝愿你做个好梦——这声音已响彻了万千年。当第一个猿人在树叶间被噩梦惊醒后，他就面对上苍发出虔诚的祈祷。人类一次次梦幻成真，唯有梦幻本身无法复现。人类能记录下火星上的沟壑，却无法记录梦的曲折。人类可以破译生命的密码，却无法解释梦的征兆。人类可以把地球上所有的生物分类，却不知自己的梦境是一种什么物质。人类已经向宇宙进军，却连朝夕相伴的梦都模棱两可。

梦是人类最后一块神秘的处女地，是上苍递给我们灵魂的幕布。它是远古的祖先一代代积淀下的精神的富矿，它是未来交予我们的无法读懂的复印件。我们的精神在梦境中活泼得像蝌蚪一样游弋，把过去与虚幻粗针大线地缝缀在一起，镶嵌成神奇的图案。

常常听到人说梦。能说的都不是梦。有的人说的是愿望，由于没有勇气，他把它伪装成梦，梦因此成为功利。有的人说的是谎言，由于没有能力，他把它修饰成梦，先骗自己再骗别人。有的人说的是忏悔，于此想减轻灵魂的罪恶，他其实徒劳。有的人天天说梦，他肯定是一个贫穷到连像样的梦都没有的人。

人们在梦上附加了那么多的锁链，梦就蜷曲着，好像很恭顺的样子。

但是，只要睡眠的马车一到，梦的灰姑娘就跳上去，穿着水晶鞋，跳起疯狂的舞蹈。醒来时，我们只看到一条条冰雪的痕迹。

并非日有所思，夜就有所梦。并非黑夜是白天的继续。我们常常在梦里变成自己也不认识的人，一定是梦走错了地方。

真感谢梦。我们在梦里多么美丽，我们在梦里永远年轻。

嘘！别说梦。梦不喜欢被说。它是属于你一个人的，说出来就成了公众的财产。在你说的过程中，它就悄悄地飞走了，只给你留下一片梦蜕。

梦最透明的翅膀是自由。

心理测试的批发商

　　常常听到朋友们说，嗨！我刚做了一个心理小测验，分析结果说我是怎样的人，实际上我并不是那样的人。从此，我就不相信心理学了。觉得尽骗人，和江湖上算命的差不多。

　　也有朋友说，我做过一个小测验，那真是太准了。以后，我只要看到报纸杂志上有这类文章，都会兴致勃勃地拿来一做，还迫不及待地推荐给别人。好玩不说，真是灵验啊。

　　这类大致以"看穿你的心"为名的小测验，如烂漫山花，弥漫四周。类似巫师发出的咒语，具有蛊惑人心的魔性。

　　我从来不做，不是因为斟酌它灵或是不灵，只是觉得一门严肃的科学，被随意拿来消遣，如同殷墟的甲骨，砸碎了煎汤，太轻慢。

　　有的测验，说你想象自己正在画画。画的是什么？国画？油画？山水风景？美人佳看？萝卜白菜？信笔涂鸦？抽象挥洒？你可知它们说明了什么？

有的测验，假设大家正在等电梯。你是一直仰头看着表示电梯层数的数字，还是不耐烦地频频揿着按钮？要不干脆利用这个时间，欣赏一下同样苦等电梯的美眉的超短裙？

人们充满了好奇。就算有人对外部世界不好奇，对自己也难逃好奇之箭。谁不想知道在三千烦恼丝包裹之中的颅骨下，栖息着怎样的奥秘？它在暗中支配着你的一颦一笑，操控着你的命运舵轮，你不能对它一无所知。假若年老，生命之纸已然破旧，涂了很多若明若暗的图谱，余下的天头地脚也不宽裕了，不找也罢。年轻人则更希望多了解自己，未来对于他们，具有更柔软的可塑性。

某天，碰到一位美丽女子，长发飘飘。她妩媚一笑说，我和您是同行。

我这半辈子从事过好几种职业，一时不知道她指的是哪一行，问，你是军人吗？是内科医生吗？或是写作？要不你开了心理诊所？

她笑笑说，都不是。

我纳闷道，那咱们同的是哪一行呢？

她说，我编心理小测验。

我说，原来报刊上登的那种心理小测验，都是你编出来的。

她很谦虚地说，不敢当。哪能都是我编出来的呢？我一个人没有那么大的能量。

我说，你在哪里读的心理学课程呢？

她第三次笑了，说，我没有读过心理学课程。如果我真读了相关的课程，很可能就不敢接这活儿了。

我纳闷，你的这种测验，是怎么编出来的呢？

她看了看四周，很神秘地说，如果是别人问我，我就不告诉他。因为尊敬您，所以，全盘告知。

我一下子有点紧张。凡是听到人谈到秘密的时候，第一个反应就是想上厕所并且有点害怕。要是将来一旦秘密泄露了，岂不要担干系？

美丽的女子款言道，您不用怕，其实这也是半公开的诀窍。一般的人，以为是先编好了测验的故事，再来确定答案，其实，不然。是先设计好了不同的人会有怎样不同的反应，然后再来设计前缘。

我说，能举个例子吗？我还是不大明白。

美丽女子说，比如，人们面对突然的巨响，会有不同的判断和应对模式。谨慎而且惜命的人，首先想到的是安全问题和自保；勇敢和喜爱助人的人，首先想到的是一探究竟和挺身而出；教条和僵化的人，很可能麻木和迟钝，不能审时度势；胆小如鼠的人，当然是惊慌失措和打哆嗦了。你先把各种人不同的反应方式找到，然后再反推回来，设计出相应的情境，不是就水到渠成了吗？你顺势即可编一个心理小测验：春天，你和朋友们正在郊外空旷的草地上用餐，突然电闪雷鸣并且听到野兽的吼叫，你会采用哪种方式？

A. 堵起耳朵，哭泣，瘫倒在地。

B. 用身体掩护朋友，说，不要慌，有我呢！说着拿起一根粗壮木棒，警惕地四处巡查。

C. 一句话也不说，撒腿就跑，看到不远处有一个土坑可以藏身。

D. 抬头看看天，佯作镇定说，临来之前我查了资料，天气晴朗，这一带没有大型野兽。不必害怕。

按照刚才咱们前面说到的逆推理法，相应的分析，很容易完成，不过举手之劳。

我目瞪口呆，说，就这么容易？

美丽女子说，这还算比较复杂的呢。有时候，简单的心理小测验，我一天能编出十多条呢！一条能赚几百块钱，你可以算算收入。我真要感谢喜欢心理学的人，他们爱看，报刊才会登，我拿了稿费，才有余力买漂亮的裙子。

我试探地问，如果我把你的创作过程告诉更多的人，你会不会断了生意？

她爽快地说，不会。总有人喜欢神秘又无法验证的东西，我就是一个心理测验的批发商。

柱子的弹性

有一个故事，说的是一根柱子，一根三百年前的柱子。那根柱子很坚固，支撑着一座宏伟的大厅。那座大厅很大，大到修建的时候没有人相信一根柱子就能支撑起沉重的穹顶。年轻的建筑师用了种种科学方程式来证实他的这根柱子是何等牢靠和坚固，足够应用。人们虽然不能反对他的公式，却可以反对由他来担当这座市政大厅的总设计师。年轻的设计师面临一个选择。如果他坚持他的设计，他的设计就永远停留在纸上了。如果他变更他的设计，人们就看不到这根独撑穹顶的柱子了。设计师沉吟再三，修改了他的图纸，又添加了四根柱子。人们对这个更加稳妥的设计拍手叫好，据此建起了壮丽的大厦。很多年过去了。年轻的设计师变成了墓碑，大地震袭击了城市。很多建筑都倒塌了。唯有具有五根柱子的市政大厅依然巍峨耸立。人们说，幸亏有五根柱子啊！终于到了维修的时刻。人们惊讶地发现，除了最早设计的那根独撑天下的柱子，其余的四根柱子距离穹顶都有一道窄窄的间隙。也就是说，它们并不承接穹顶的重量，只是美丽的摆设。 于是人们惊叹这匪夷所思的设计，给予设计者以排山倒海的赞美。回答他们的只是墓草的摇曳。 设计师没有收获生前的称誉，但他收获了一根柱子。设计师是可以怒发冲冠一走了之的，但为了他的柱子的诞生，他妥协和避让了。设计师是可以在事成之后即刻就公布他的计谋的，但为了他的柱子无可辩驳的质地，他保持了宁静的缄默。设计师是可以在一份遗嘱或一部著作中表达他的先见和果敢的，但为了他的柱子的荣誉，他不再贪恋丝毫的浮华。设计师为了他的柱子，隐没在历史的尘埃中。 这是一根有弹性的柱子。它的设计者把自己的性格赋予了它，于是柱子比设计师活得更长久。

钱的极点

小时候猜一道智力题。问：从地球上的什么地方出发，无论往哪里走，都是朝向南？答案是：北极。

现在无论同谁聊天，无论从哪儿说起，都会很快谈到钱。钱成了当今社会的极点。

钱给人的好处是太多了，而且有许多人由于钱不多，而享受不到钱的好处。人对于得不到的东西就需要想象，想象的规律一般是将真实的事物美化。比如说，我们看到一位大眼睛戴口罩的女士，就会想她若摘了口罩，一定更是美丽动人。其实不然，口罩里很可能是一对龅牙齿，人家原是为了遮丑的。

我当过许多年的医生，虽是无钱之人，却凭医疗常识，想象钱的功能有限，理由是从人的生理结构而来。

钱能买来山珍海味，可再大的富豪也只有一个胃。一个胃的容积就那么大，至多装上两三斤的食物，外加一罐扎啤，也就物满为患了。你要是愣往里揣，轻则是慢性胃炎，重了就是急性胃扩张，后者还有生命危险呢。更不消说，长期的膏粱厚味，还会引起高胆固醇、糖尿病等疾病。所以说，那些因公而需长期大吃大喝的人，得了肥胖症，真是要算工伤的。

钱能买来绫罗绸缎。可再娇美的妇人也只有一副身段，一次只能向世人展现套在身体最外层的那套衣服。穿得太多了，就会捂出痱子。要是一天老换衣服，变成工作，就是时装模特儿了，和有钱人的初衷不符了。

再说人类延续种族愉悦自身的那个器官吧，更是严格遵循造物的规律，无论科学怎样进步，都不可能增补一套设备。假如无所节制，连原装的这一份都进入"绝对不应期"，且不用说那种种的秽病了。电线杆子上的那些招贴纸，是救不了命的。

人和动物在结构上实在是大同小异，从翩飞的蝴蝶到一只最小的蚂蚁，都有腹腔和眼睛。人和动物的最大区别就在于思想，而恰恰在这一面钢铁盾牌面前，金钱折断了蜡做的矛头。

比如理想，比如爱情，比如自由……都是金钱的盲点。它们可以因了金钱而卖出，却不会因了金钱而买进。金钱只是单向的低矮的闸门，永远无法积聚起情感的洪峰。

造物给予人的躯体是有限的，作为补偿，造物还人以无垠的精神。人的躯体的每一个细微之处，都是很容易满足的。你主观上想不满足，造物也不允许你。造物以此来制约人物质的欲望，鼓励思想的飞翔。于是人类在有了果腹的兽肉和蔽体的树叶之后，就开始创造语言、绘画和音乐……积蓄了一代又一代的精华，于是我们有了文学，有了艺术，有了哲学的探讨和对宇宙的访问……那都是永无穷尽的奥妙啊。只要人类存在一天，就会上天入地披肝沥胆地寻找与提炼。

我们现在是站在钱的极点上，但我们很快就会离开它。人们在新的一轮物质需要满足之后，回过头来仍然要皈依精神。

精神是人类最大的财富。在远没有金钱之前，人类就开始了精神的求索。人类最终也许将消灭金钱，但毫无疑问的是人类的精神永存。

男人和女人的区别

做医生的时候，常常接生。男婴和女婴的区别，就在那小小的方寸之间。后来，男孩和女孩长大了，一个头发长，一个头发短；一个穿裙衫，一个穿短裤。这是他人强加给男人和女人最初的区别，他们其实还在混沌之中。后来，曲线出来了，肌肉出来了。这些名叫第二性征的桨，把男人和女人的涟漪渐渐画出了互不相干的圆环。

遇到过一个女病人，因为重病，需要持续地应用雄激素。那是一种黏稠的胶水样物质，往针管里抽的时候非常困难，好像黄油。那药瓶极小，比葵花子大不了多少。每个星期打两针，量也不算大。药针就这样一管管打下去，不知从哪一天开始，以前那个清秀的女孩，像蝉蜕一样，悄然陨落。一个音色粗哑、须发苍黑、骨骼阔大、满脸粉刺的鲁莽"汉子"蹒跚地出现在我们面前。以至于同屋的一个女病人嗫嚅地对我说："她还算女人吗？我想换到别的屋。"

男人也有用雌激素的，比如国际驰名的人妖，任凭你有再好的眼力，也看不出他们与天然的女人有何区别。

我端详着装有雌雄两种激素的小瓶，在医学里它们被庄严地称为"安瓿"——英文 AMPOULE 的音译，意思是密封的小注射剂瓶。两种激素的作用虽有天壤之别，但外观是那样相似，像新鲜松香黏而透明。打开安瓿闻一闻，也没有什么特殊的气味。

但男人和女人巨大的差别就蕴藏在这柔润的液体里。这魔幻的药水里，有尖锐的喉结、细腻的肌肤、温婉的脾性和烈火般的品格，它使所有男人和女人的神秘，都简化成一个枯燥的分子式。它是上帝之手，可以任意制造美女和伟男。它是点石成金的造化，把人类多少年的雕琢浓缩到短暂的瞬间。

人关于自身最玄妙的谜语，被这淡黄色的油滴践踏。所有男人和女人各自引以为豪的差别，只不过是两个小小的安瓿而已。

假如把玻璃药瓶上的字迹擦掉，你就分不出它到底是哪一性的激素。

两个一模一样的安瓿，这就是男人和女人的全部区别。

我们沉默，我们暗淡。科学就是这样清脆地击落神话和谎言，逼迫人们面对赤裸裸的真实。

男人和女人的区别究竟在哪里？

他们犹如南极和北极，蒙着一样的冰雪，裹着一样的严寒，但南辕北辙，永不重叠。

性征是不足以强调的，它们已在冷静的手术台上被人千百次地重新塑造，甚至女性赖以骄人的生育功能，也已被清澈的试管代替。生物的自然属性淡化为一连串简洁的符号。假如今日还有人以自己的性别特征为资本而喋喋不休，那实在是悲哀和愚蠢。

我们寻找，男人和女人的区别。

区别不在于生理而在于心理，不在于外表而在于内心。人类文明进程的天空越晴朗，太阳和月亮的个性就越分明。

男人和女人都做事业。男人是为了改造这个世界，女人是为了向世界证明自己。

男人为了事业，可以抛却生命和爱情。他们几乎从一开始就下了必死的决心，愿意用一生去殉事业。男人崇尚死，以为死是最壮丽的序言和跋，因而男人是悲壮的动物。

女人为了事业，力求生命与爱情两全。她们在两座陡壁间艰难地攀登，眼睛始终注视着狭隘的蓝天。她们总相信在生命的最后一分钟会出现奇迹，她们崇尚生。在她们的潜意识里，自己曾经制造过生命，还有什么制造不出来的呢？女人是希望的动物。

男人的感情像一只红透了的苹果，可以分割成许多等份，每一份都香甜可口，当然被虫子蛀过的地方除外。

女人的感情像一洼积聚缓慢的冷泉，汲走一捧就减少一捧，没有办法让它加速流淌。假如你伤了那泉眼，泉水就会在瞬间干涸。所以，女人有时候会显得莫名其妙。

男人的内心像一颗核桃。外表是那样坚硬，一旦砸烂了壳，里面有纵横曲折的闪回，细腻得超乎想象。

女人的内心像一颗话梅。细细地品，有那么复杂的滋味。咬开核，里面藏着一个五味俱全的苦仁。

男人的胸怀大，所以他们有时粗心。女人的心眼小，所以她们会斤斤计较。

男人的脚力好，所以他们习惯远行。女人的眼力好，所以她们爱停下来欣赏风景。

男人和女人都要孩子。男人是为了找到一个酷肖自己的人，自己没做完的事还等着他去做呢。女人是为了制造一个崭新的人，做一番自己意想不到的事。

男人和女人都吃饭。男人吃饭是为了更有力气，所以他们总是狼吞虎咽。女人吃饭是因为必须吃，所以她们总是心不在焉。

男人和女人都穿衣。男人穿衣是为了实用，所以他们冬着皮毛夏套短裤，只管自己惬意。女人穿衣是为了美丽，所以她们腊月穿裙子三伏披有帽子的风衣，很在乎别人的评议。

男人遇到伤心事的时候，把眼泪咽到肚里，所以他们的血液就越来越咸，心像礁石，虽然有孔，但是很硬。女人遇到伤心事的时候，就把眼泪洒在地上，所以她们的血液就越来越淡，像矿泉水一样，比较甜，比较晶莹。

男人爱把自己的忧郁藏起来，觉得忧郁是一件丢脸的事情。女人爱把忧郁涂在自己的脸上，好像那是一种名贵的粉底霜。

男人把屈辱痛苦愤怒都化为力量。他们好像一只热火朝天的炉子，无论什么东西抛进去都能成燃料，呼呼地烧起来。水哗哗地开了，喧嚣的蒸汽推着男人向前走。

女人将所有的苦难都凝聚为仇恨。无论伤害的小路从哪里开始，都将到达复仇的城堡。然而女性的报复是一把双刃的剪刀，它在刺伤女人仇人的同时也刺伤女人，甚至它刺伤主人在先。然而，女人正是见到仇人的血与自己的血流在一起，她才心安，才感到复仇的真实。假如自己毫发无损，即使对方血流成河，她们也觉得不可靠、不扎实。她们有一种同归于尽的渴望。

男人在欢庆胜利的时候，马上考虑把战果像面包似的发起来。胜利像毒品一样，刺激他们更大的欲望。女人在欢庆胜利的时候，想的是赶快把苹果放到冰箱里保存起来。胜利像电扇，吹得她们更清醒。于是男人多常胜将军也多一败涂地的草寇，女人多稳练的干家却乏恢宏的大手笔。

男人会喜欢很多的女人，在他一生的任何时候。女人会怀念唯一的男人，在她行将离开这个世界的瞬间。

男人和女人的区别太多太多。它们像骨髓，流动在最坚硬的地方。当我们说某某像个女人的时候，我们已使女人抽象。当我们说某某像个男人的时候，我们指的其实是一种类型。剔掉了世俗的褒贬之义，原野上剩下了孤零零的两棵树。两棵树都很苍老，年轮同文明一样古旧。它们枝叶繁茂，上面筑满鸟巢。

它们会走到一处吗？

无所谓高下，无所谓短长，无所谓优劣，无所谓输赢。各自沐着风雨，在电闪雷鸣的时候，打个招呼。

男人和女人的区别，地久天长。

年龄的颜色

如果在词语上涂抹颜色，把红色比作褒奖，把黑色比作贬斥，婴儿的诞生就是一枚艳丽的圣女果铿锵落下，年龄调色盘就此开始旋转。

幼儿无疑是樱红色的，皮肤水嫩吹弹可破，胎毛柔软双眸晶亮，对成年人的依偎更使长辈人在辛苦的同时，感到被信任的幸福和施与哺育的责任。

当一个幼儿长成少年，他们开始反叛和桀骜不驯，但眼光依然秋水般明澈，恣肆汪洋之下依然是可爱的探索和希冀。

如果说到青年人的颜色，我想是金红色的吧？不仅仅是红，而且有了逼人的光芒和灼热的火焰，有炫目和烘烤之感。

对于中年人……注意，当我们说到这个词的时候，会不由自主地把音速放缓，深深地吸进一口气。我们会感到平稳和力量，会感到深厚的功力和外柔内刚的主动。用颜色做比方，此时的他们是沉静而内敛的枣红色，有了一点点不易察觉的黑色潜藏其中，恰到好处，让红有了华丽的平台和根脉的贲张。

随着年龄的增长，调色盘中的红色悄悄地隐没，黑色如荒草蔓延滋生。他们颊上的光润，无可挽回地凋落了，血脉开始干涸。雪白的牙齿无论怎样保护，已出现松动和脱失。漆黑的须发无论怎样濡养，却也躲不过秋霜的点染。矫健的双腿注入了滞涩的尘锈，锐利的双眸需要借助镜片的帮忙才能看清书本……他们无可逆转地进入了老年，沉暗的黑幕跳着优雅的华尔兹，温和地不动声色地蚕食着红色的舞台，旋转着将你带到遥远的天际，那里有星星点点的光芒、如银的残月和无边的静夜……

这不是一个悲观的预测，而是一个透明的事实。如果让我更赤裸裸地说出真实，那就是这个规律对于女人来讲，更坚定和不容商榷。如晦的黑色会更早地出现，娇嫩的红色会更快地淡隐。什么美容整容化妆术，都遮盖不了本质的嬗变。当绯红退潮酱黑涌入的时候，有一个专用名词，这就是"更年期"。我觉得这个名词起得挺妙——变更年龄的时期。追本溯源，什么年龄变更了呢？是一个女人从生殖的年龄变到丧失了这种功能的年龄。

这在远古，一定是一个令女子非常害怕的改变。对于种族和家系的繁衍，她已归零。生产力低下的时代，繁殖的本能，是女性赖以生存的极为重要的资源。更不消说，由于激素的变化，她的身体内部出现了一系列陌生的信号，令她震惊和不适。她有可能暴躁和哭泣，会面部潮红情绪波动，会丧失部分劳动能力甚至难以与人和谐相处……凡此种种，现代科学将之冷静地归纳在一起，打了一个大大的文件包，名曰"更年期综合征"。

更年期综合征是一组症状，在已知的疾病里面，它既不是最难治的，也不是最严重的。不像"非典"或"禽流感"，它不传染。所有不曾早夭的女人差不多都会被它淋湿一遭。在某种程度上说，症状如不剧烈，它几乎不能算是一种病，只能说是一个生理阶段，有一种广义上的必然。据现代科学研究，男性也会有"更年期"，体内的激素也会衰减，也同样难逃生殖机能从衰减趋向沉默的恢恢法网。

有趣的是，你可以观察，大多数人，尤其是年轻人，在谈起"更年期"的时候，嘴都会不由自主地撇一下，以表达不屑和厌恶。或者说，当他们具体针对某个人的时候，由于关系的紧密和礼节的顾忌，这种情感还比较收敛的话，当这个名称抽象起来，成为单纯的标签时，这种轻漠和鄙弃将表达得十分充分和无所顾忌。

年龄上的傲慢，是进化中的化石。现代科技与文明，已经大大地延续了人类的年龄，但那些来自远古的律令，依然盘踞在我们意识的岩缝里。

在动物世界，过了盛年的个体，就滑到了边缘和死亡，某些物种，完成繁殖之后，几乎立刻结束了生命，把尸身盛在盘子里变作后代的佳肴。人是一个例外，这个例外由于科技的助力，变得更加突出了。但我们在意识层面之下对于古老法则的延展，还是根深蒂固的。

有人说，提出了问题就等于解决了一半。在年龄歧视这方面，我可不乐观。提出问题不是解决了一半，仅仅是觉察而已。

久病成灰

你要是一个穷人，说钱的作用是有限的，人们就不信你，以为是嫉妒。你要是一个富人，说同样的话，人们不但信你，还称赞你高风亮节。国人有个习惯，要想评判一件事或是一个物品，你必得先拥有它，如欲评之，必先享之。

这话乍一听，挺对的。你想啊，要是一个饭店的大师傅，自己面黄肌瘦的，人们怎么能相信他的烹调手艺？要是一个教书的先生，连自己的孩子都管教不了，人们还敢把学生送到他的私塾里去吗？

但细一想，又有些不对，世上的事有许多是我们终生所尝试不了的。爆炸的世界每天向我们提供多少信息，新诞生的行业令人目不暇接。身体力行乃是前工业社会慢节奏的标本。古代只需行万里路、读万卷书就可以成为一代文豪的坯子。今天你就是钻进航天飞机，只怕也看不全天下的大事。飞速旋转的世界使任何人都只能是某一领域的权威，对其他的领域只能瞠目结舌。

因为当过多年的医生，总记得一句"久病成医"的话。

仔细想来，这话是有一定的道理的。你要是得过感冒，下次再得同样病的时候，就要有经验得多。什么时候该吃药，什么时候该发汗，终是比没得过此病的人要沉着。

但又一想，不对了。感冒并不是疾病的全部，有许多更凶险的疾患是不可以一一尝试的。比如癌症，你如果不幸染上了，是听一个得过此病的病人的话，还是听医生的话？那个医生是没得过癌症的。

我想绝大多数人还是要以医生的话为准。比如中国妇产科的泰斗林巧稚女士，并不曾结婚生子，但她赢得了无数病人的敬重，因为她凭借的是科学。

久病的确可以使人"成医"，使他成为他那一种病现身说法的"活标本"。假如他是一个爱钻研的人，也许还会有所造诣。但是疾病的世界林林总总，并不是只局限于你所罹患的这一种或几种，任何人都不能把天下的疾病全搜罗在身。一个好的医生不是得病得出来的，而是经过长期的学习历练出来的。假如一个人不断得病，那么等待他的命运就不是"成医"，而是"久病成灰"了。

说了许多关于生病的话，只缘有感于国人太注重自身的经验，过分相信体验过此事的人的一面之词。更有甚者，竟到了假如你没有经历此事，就取消你的发言权的地步。

要取得评判钱的资格，自己必得有许多钱；要探讨女人的心理，必得有情感上的罗曼史或者干脆就是"妻妾成群"。

比如一部电影好不好看，我们总是太相信那个已经看了电影的记者或是评论家的话，哪怕这一次上了当，下一次还信他。国人多善良，以为上一次是他走了眼，这一回大约改好了吧？其实不然。他虽说吃过葡萄，但是说错了，即使下次他吃的是梨，我也不信他描述的梨的滋味，而是宁可听一个没有吃过梨但是研究过梨的学者的报告。

这个世界上以前发生的事少，现在发生的事多，我们不可能事必躬亲，可我们要对很多事情拿出自己的看法。听谁的？亲历过此事的人的话，可听，但不可全信。古人就有"不识庐山真面目，只缘身在此山中"的教诲，尤其是那个人的品行不好，说的话就更要打折扣了。

这看法失之偏颇。但现代社会的节奏太快，经验不但要从自身的经历取得，更要从研究过此事的专家那里获得。

一个得过最多种疾病的人，医学知识也要少于医学院最蹩脚的学生。

当然有关医生责任心的问题，不在此例。

逃避苦难

万里迢迢，到了甘肃敦煌。鸣沙山像一个橙黄色的诱惑，半明半暗卧在傍晚的戈壁上。

人们像朝圣似的扒下鞋袜，一步一滑地向沙顶爬去。

"你是想后来居上吗？"友人从五层楼高的沙坡上向我招手。

我抱着双肘，半仰着脸对她说："我不爬山。"

"那你怎么到达山那边如画的月牙泉？"

"雇一匹骆驼。"

"要是雇不到骆驼呢？"友人从六层楼高的沙丘上向我喊话。

"那就只好沿着山根转过去。"

"这可是鸣沙山啊！"友人已经到了七层楼高的沙峰。

"不管是什么山，只要给我选择的自由，我就不爬。

"我憎恶爬山！"

我对友人喊，她已经到了十几层楼高的沙崖，没有回头。

她没有听到我的话，听到了也不会赞同。

经历是我们爱憎的最初的和永远的源泉。

我曾经穿行于世界上最高的峰峦与旷野，山给予我太多的苦难。那个时候我17岁，当现在的女孩娇嗔地把这个年龄称为"花季"的时候，我正在昆仑山上度着永远的冬季。

在最冷的日子里，我们要爬很多皑皑的雪山。我背着枪支、弹药、十字箱、雨布、干粮、大头鞋、皮大衣，还有背包，加起来六七十斤。

第一天行进的路程，只是爬一座山。那座山悬挂在遥远的天际，像一匹白马的标本。

还没有走到山脚下，我就一步也迈不动了。宿营地在山的那边，遥远得如同我已死去了的曾祖父母。我完全不知道自己将怎样走过这漫长的征途。

缺氧使我憋闷得直想撕裂胸膛，把自己的心像一穗玉米那样扒出，晾晒在高原冰冷的阳光中。

生命给予我的全部功能都成了感受痛苦的容器，我的眼珠被冰雪冻住了，雪花像六角形的芒刺牢固地沾在眼皮上，绝不融化，眼睛像两只雪刺猬。呼呼的风声将耳膜压得像弓弦一样紧张，根本听不到除此以外的任何声响。关节里所有的滑液都被冻住了，每走一步都感觉到冰碴的摩擦。手指全然失掉知觉，感到手腕以下是光秃秃的……

时至夜半，我仍未走出那座山。我慢慢地、慢慢地倒向昆仑山万古不化的寒冰。我不走了，一步也不想走了，走比死亡可怕得多。枕着冰雪，仰望高海拔处才能见到的宝蓝色天空。我愿意永不复生。

参谋长几乎是用枪逼迫我站起来重新走。

从此，我惧怕爬山，仅次于死亡。

惧怕爬山，实际上是惧怕苦难。山，这些地球表面疙里疙瘩的赘物，驱使我们抵抗地心强大的引力，以自身微薄的力量把自己举起来。当我们悬浮在距海平面很高的山峦上，以为自己很高大，其实我们不过是山的玩偶。

苦难是对人的肉体和心灵的酷刑。那些叫嚷热爱苦难的人，我总怀疑他们未曾经历过刻骨铭心的苦难。或者曾将苦难与苦难换取的荣誉置于跷跷板的两头，他们发现荣誉飘扬在半空，遮蔽了苦难，他们觉得值。

苦难是对人的信念最残酷的锤打。当你饥肠辘辘，当你衣不蔽体，当你的尊严被践踏于泥泞之中，当你纯洁的期冀被苦难蚀得千疮百孔之时，你对整个人类光明的企盼极有可能在这"黑海洋"中颠覆。命运之舟破碎了，只剩几块残骸，即使逃脱困厄的风口，理想也受到致命的一击。再要抬起翅膀，需要积蓄永远的力量……

经受苦难而不萎靡、不沦落、不摇尾乞怜、不柔若无骨、不娼不盗、不偷不抢、不失魂落魄、不死去活来，是天才、是领袖、是超人，非平常人可比。

然而历史是平常人创造的。

幸亏人类害怕苦难，人类才得以不断进步、发展、繁荣。假如人类什么都不怕，什么都满足，那么至今还穴居山顶、茹毛饮血、火种刀耕。

最稚嫩最敏感的部位最怕疼，例如我们的手指尖。粗糙它、磨砺它，指肚便会结出厚厚的茧子，这是一种悲哀的退化。

手指结茧可以消退，心灵的蛹若被苦难之丝围绕，善与美的蛾儿便难以飞出，多数窒息于黑暗之中。

当然，当苦难像飓风一样无以回避地迎面扑来时，我也会勇敢地迎上去，任沙砾打得遍体鳞伤，任头发像一面黑色的旗帜高高飘扬……

为了逃避苦难，我一生奋斗不息。

苦难也像幸福一样，分有许多层次，好像一条漫长的台阶。苦难宫殿里的至尊之王，是心灵的痛楚。

没有血迹，没有伤痕，假如心灵被洞穿，那伤口永世新鲜。

我相信在人类的心灵国度里，通行"痛苦守恒定律"。无论怎样的位极人臣，无论怎样的花团锦绣，无论怎样的二八佳丽，无论怎样的鹤发童颜，都有潜藏的伤口，淌着透明的血。

逃避了食不果腹、衣不蔽体的小苦难，便滋生出建功立业、壮志未酬的大痛苦，待功成名就、踌躇满志之时，又生出孤独寂寞、高处不胜寒的凄凉……人类只要存在感觉，苦难便像影子永远伴随。成功地逃避一次又一次苦难，人类就在进化的阶梯上匍匐向前了。

西域古道上，驼铃叮当。我骑着骆驼，绕到月牙泉。

"没有爬上鸣沙山，你要后悔一辈子。"友人气喘吁吁滑下沙丘对我说。

我不后悔。世界上的山是爬不完的，能少爬一座就少爬一座吧。

像逃避瘟疫一般，我逃避苦难。

1.7 亿只碟子

　　列车的窗口，苍凉的荒漠，如血的晚霞。从美国中部到西部的旅行。吃晚饭的时间到了。陪同翻译安妮对我说，咱们到火车上的餐厅去吃吧。我说，我对颠簸特别敏感。在车厢里走动，头晕得像打秋千。安妮说，晚餐时，我们和旅途中的美国人混坐一桌，也许会发生有趣的谈话。

　　既然吃饭也被赋予了工作的意义，我就起身，踉踉跄跄地随了安妮，到达餐厅。

　　餐厅有雪亮的光和艳丽的玫瑰花，餐桌小巧，可落座四位。我们靠窗边坐下，看着渐渐暧昧下去的风景。还没来得及点菜，就听到温文尔雅的问话，请问，我可以坐在这里吗？

　　抬头看，一位高大的美国青年，穿着银灰色细条绒的夹克衫，微笑地看着我们。我和安妮相视一笑，然后点点头。看来这是一个爱说话的小伙子。

　　细条绒刚坐下，就又听到略显局促的问话——我可以坐在这里吗？

我和安妮又是连连点头。

"局促"是一位40多岁的男子，青着下巴，皱着眉头，散淡忧郁的样子。

大家刚要攀谈，一位穿着浆洗雪白的工作服的老人，拿着菜单，请我们点菜。

于是大家就各自沉浸在对晚餐的谋划上，一时无话。我的胃因为晕车，像个乱七八糟的鸟窝。于是只点了一份蔬菜沙拉。

等候上菜。谈话从沙拉开始了。

你为什么吃得这样少？细条绒很关切地问。

吃不惯。我说。

啊。明白了。你们是日本人，所以，不习惯。细条绒恍然大悟。

这位女士不是日本人，是中国人。安妮纠正他。

细条绒苦笑了一下说，对不起。在我看来东方人都差不多，常常分辨不出。不过，我知道，日本菜和中国菜味道是很不同的。

安妮说，你常常吃中国菜吗？

细条绒一下子神采飞扬起来，说，我最爱吃中国菜了。我住在纽约，是一位电脑工程师。你知道美国青年中，如今最时髦的生活方式是什么呢？那就是——第一，单身住在纽约的小公寓里。第二，在一家电脑公司工作。第三，吃中国菜。

安妮说，这么说来，你是又有钱又时髦了。

细条绒很谦虚地说，有钱，谈不上。如果我真有钱，就不会仅仅局限在吃中国菜，而是要到中国去旅游。我正在朝这个方向努力。

我忍不住插嘴道，你怎样努力呢？

细条绒说，我的努力分为两个方面。一个是攒钱，旅游是很费钱的，这我就不多说了。第二个，是努力研究中国历史。

我说，能把你研究的收获告诉我一些吗？

细条绒很得意，说，当然可以了。我主要认为中国对待慈禧太后的看法是不公正的。一个女人，能够执掌这样一个古老帝国的最高权力，这是很先锋很前卫的。在宫廷的斗争中，她是弱者，是男人们的牺牲品。中国的义和团对待外国人，是很残忍的，这是愚昧……

还没等我回话，那位忧郁的"局促"先生，就一点也不局促地开始了反击。他说，你这样看待中国的义和团，我不能同意。一个国家的人，如何对待进入他们国家的人，是有选择的自由。你凭什么站在100年以后的时空，对着他们指手画脚？你没有这个资格！

如果此刻在餐桌上方的空气中，挂上一只活龙虾，我猜它的颜色会立刻由雪青变成洋红。

细条绒还算保持君子风度，说，我可以知道你是谁吗？

"局促"先生说，我就在好莱坞工作。我看，你对中国的了解，就是来自好莱坞。可那是逗人笑的。

细条绒说，不，这和好莱坞无关。是我自己思索的结果。

"局促"面露不屑。

我觉得自己必得说点什么了。我说，作为一个中国人，我很感谢你们了解中国的愿望。但是，以我这次到美国来的经历，我觉得你们对中国的了解比较狭窄。中国的历史很复杂，恕我直言，美国有200多年的历史，中国有4000多年的历史，是美国的20倍。目前的中国，更是一个在发生着巨大变化的国度。

细条绒和"局促"，都安静了下来。正好，各自要的菜肴也上来了，于是一时间，叉勺碰撞的声音，掩埋了争执的硝烟。

看来食物有助于缓解争论的尖锐，待吃到半饱，细条绒已然恢复平静，脸上重新出现孩子般的笑容。他对我说，我是要到中国去亲眼看一下。说实话，中国是一个令我害怕的地方。

我说，为什么呢？在中国旅游的外国人，应该是很安全的。

细条绒说，不是这个意思。虽然在我的感觉中，好像每一个中国人都会中国功夫，一发起火来，就会嘿嘿地呼出白气，但我是一个和平的旅游者，身体也很棒，安全上应该没太大的危险吧。我说的害怕，是猜不透中国到底想干什么。

他用毫无杂质的蓝色眼珠看着我，证明迷惘的深不可测。

我说，我不知道你指的是什么。

细条绒说，中国人为什么要到美国来抢饭碗？为什么让美国的工人没有饭吃，减少了美国的就业机会？你到街上看一看，随便拿起一件衣物，一种器具，翻过商标一看，都是中国制造的。中国的产品覆盖了美国，很便宜，让美国人又恨又怕。再这样发展下去，美国的工业就将不存在了。这难道不是很可怕吗？

他说到这里，露出了深深的忧虑。如果我看得不错的话，还有怨恨。

这场谈话，已经从餐桌上的礼仪寒暄，演变成了某种实质性的分歧。

我顿了一顿，让自己的胃先安定下来，保持腹肌的稳定。因为我不想让自己在下面的谈话里，显出力不从心或是上气不接下气的狼狈。保养好自己的设备之后，我说，你说得很对。在美国的商店里，有很多标有中国制造的产品。可是，我不知你注意到了没有，有无细致地分过类？你说铺天盖地的中国产品，到底是些什么东西呢？

细条绒是个听话的小伙子，他的眼珠开始向左上方转动。我知道，他开始了回忆。

我说，恐怕主要是些纺织品和日用品吧？我可以坦率地承认，基本上都是低档的产品。在纽约第五大道那些豪华的店铺里，几乎没有中国制造的产品。在我参观的设备精良的医院里，没有中国制造的器械。我在美国走了这么多的机构，看到了无数的计算机，但是，似乎也没有一台是中国制造的。但我可以告诉你，你将来到中国也可以亲眼看到，中国有多少精密仪器和计算机，是美国制造的。

中国的劳动力廉价，主要集中在劳动密集型的产品，比如，这只碟子……

我说着，举起了刚才侍者送上来的一只碟子。很普通的那种白瓷碟，在餐厅明亮的灯光下，反射着淡淡清辉。

细条绒和"局促"的目光，随着我手中的碟子而转动。我接着说，不错，有一天，美国人真的可能不做碟子了。可是美国人在干别的。你说中国人扼杀了美国人的碟子，我想告诉你们另一件事。

我这次到美国来，什么让我感觉到最熟悉呢？是美国的飞机。为什么呢？因为在中国的天空，我们的民航远程飞机，很多都是美国制造的。从波音到麦道，各种型号一应俱全。

我在中国看到过一个报道，中国上海和美国合作，制造出了自己的飞机。但是，没有哪家国内的航空公司愿意购买这种飞机，于是，中国国产的大型民航客机，从它试飞成功的那一天起，就被打入了冷宫。至今，孤零零地停在停机坪上，经受风霜雨雪。

我举起手中的碟子说，小伙子，你知道这只碟子多少钱吗？

细条绒老老实实地说，不知道。

我说，我在超市里看到过，我记得售价是 0.99 美元。中国将这个碟子出口到美国的价钱，一定还要低很多。但为了计算的方便，我们就姑且把它算作 1 美元一只吧。

细条绒点点头。不知道我葫芦里卖的是什么药。

我说，你知道一架波音 777 的售价是多少吗？

细条绒又老老实实地摇头。

我说，是 1.7 亿美元。

我说，既然是贸易，就会有来有往。中国用什么来买美国的波音飞机呢？目前用的主要还是资源和劳动力。比如碟子。中国人要用 1.7 亿只碟子，才能买到一架波音飞机。一只碟子咱们算它 1 厘米厚，1.7 亿只碟子，是多少呢？一只靠着一只地排列起来，就有 170 万米长啊。这是怎样的数字？我明白你对美国人不再制造碟子感到痛心，但也请想一想，中国人在造碟子的同时，也委屈了自己制造飞机的能力。孰重孰轻？

细条绒大张着嘴，吃到一半的通心粉卷在叉子上，半天送不到嘴里。他说，你说的这个角度，我从来没想到过。你这样一说，我觉得很有道理啊。也许，我会提前结束我的旅游，赶回纽约。

我说，为什么呢？

他说，赶回去挣钱。赶快攒够到中国旅游的钱。你的关于碟子的比喻很有趣，我会讲给其他的朋友听。在美国，持我刚才那种观点的人，很多的。

我说，那就谢谢你了。

一直没有说话的"局促"，说，今天，是我旅行的第三天了。我今年50岁了，这条路，我30年前独自一人走过。那时，我从纽约到洛杉矶，路上用了7天。在美国，火车是旅游的工具，不是交通工具。

我说，故地重走，一定很多感触。

"局促"说，景色没变，人老了。我之所以要旅行，就是想在途中碰到与众不同的人。可惜，前两天遇到的都是在都市中随处可见的人。人们疯狂地从城市逃出，想不到在野外，遇到的还是这些人。我是搞艺术的，我很富有。可我痛苦不堪。

我说，看来你很孤独。人群中的孤独。

他低声说，你说得对极了。没有人的时候我孤独，有人的时候我更孤独。你们来自东方，在东方的哲学里，可有抵抗孤独的良方？

我站起身来，说，欢迎你们到中国去。我不敢说那里有什么良方，但我想说那是另一种文化。地球上的人，应该尊重彼此优秀的文化，保存下来，以寻求更适宜的生存状态。不要单纯用经济的贫富来衡量文化的优劣，那样，吃亏的将是整个人类啊。

饭吃到这会儿，已经距离填满肠胃的目标很远了。我说，到中国去看看吧。我们的火车可能没有这样舒服，但我们的饭菜会更有味道。

带上灵魂去旅行

人的知识永远是不完备的，他无法知道一个地区或是一个时代是否就是空间和时间的全部。从这个意义上讲，我们每个人都是井底之蛙，所不同的只是栖息的这口井的直径大小而已。每个人也都是可怜的夏虫，不可语冰。于是，我们天生需要旅行。生为夏虫是我们的宿命，但不是我们的过错。在夏虫短暂的生涯中，我们可以和命运做一个商量，尽可能地把这口井掘得口径大一些，把时间和地理的尺度拉得伸展一些。就算最终不可能看到冰，夏虫也力所能及地面对无瑕的水和渐渐刺骨的秋风，想象一下冰的透明清澈与痛彻心扉的寒冻。

旅行，首先是一场体能的马拉松，你需要提前做很多准备。先说说身体方面。依我片面的经验，旅行的要紧物件有三种。

第一，当然是时间。人们常常以为旅行最重要的前提是钱，于是就把攒钱当成旅行的先决条件。其实，没有钱或是只有少量的钱，也可以旅行。关于这一点，只要你耐心搜集，就会找到很多省钱的秘诀。如果把一个人比作一辆车，驱动我们前行的汽油，并不是金钱，而是时间。这个道理极其简单，你的时间消耗完了，你任何事都干不成了，还奢谈什么呢？或者说，那时的旅行只有一个方向，就是地心了。

第二桩物件，是放下忧愁。忧愁是旅行的致命杀手，人无远虑，乃可出行。忧愁是有分量的，一两忧愁可以化作万只秤砣，绊得你跌跌撞撞鼻青脸肿。最常见的忧愁来自这样的思维：把这笔旅游的钱省下来可以买多少斤米多少缕菜，过多长时间丰衣足食的家常日子。将满足口腹之欲的时间当作计量单位，是曾经有用现在却不必坚守的习惯。很多中国人一遇到新奇又需要破费的事，马上把它折算成米面开销，用粮食做万变不离其宗的度量衡。积谷防饥本是美德，可什么事都提到危及生命安全的高度来考虑，活着就成了负担。谁若一意孤行去旅行，就咒你将来基本的生存都要打折，食不果腹、衣不蔽体、流落街头……别怪我说得凄惶，如果你打算做一次比较破费的旅行，你一定会听到这一类的谆谆告诫。迅即把诸事折合成大米的计算公式，来自温饱没有满足的农耕时代遗留下来的精神创伤。如果你一定要把所有的钱都攒起来用于防患于未然，这是你的自由，别人无法干涉。可你要明白，身体的生理机能满足之后，就不必一味地再纠结于脏腑。总是由着身体自言自语地说那些饥饱的事，你就灭掉了自己去看世界的可能性，一辈子只能在肚子画出的半径中度过。这样的人生，在温饱还没有解决的往昔，是不得已而为之，甚至可能成为能优先活下来的王牌。在今天，就有时过境迁、过于迂腐之感了。

第三桩，是活在身体的此时此刻。此话怎讲？当下身体不错，就可以出发，抬腿走就是，不必终日琢磨以后心力衰竭的呕血和罹患癌症的剧痛。我琢磨着自己还有能力挣出些许以后治病的费用，我相信国家的社会保障机制会越来越好。我捏捏自己的胳膊腿，觉得它们尚能禁得住摔打，目前爬高上低、风餐露宿不在话下。若我以后真是得了多少万人民币也医不好的重症，从容赴死就是了，临死前想想自己身手矫健耳聪目明时，也曾有过一番随心所欲的游历，奄奄一息时的情绪，也许是自豪。

我是渐渐老迈的汽车，油料所剩已然不多。我要精打细算，小心翼翼地驱动它赶路。生命本是宇宙中的一瓣微薄的睡莲，终有偃旗息鼓闭合的那一天。在这之前，我一定要抓紧时间，去看看这四野无序的大地，去会一会英辈们留下的伟绩和废墟。

终于决定迈开脚步了。很多人有个习惯，出远门之前，先拿出纸笔，把自己要带的东西都一一列出。旅游秘籍中，传授这种清单的俯拾皆是。到寒带，你要带上皮手套、雪地靴，到热带，你要带上防晒霜、太阳镜、驱蚊油。就算是不寒不热的福地，你也要带上手电筒、黄连素加上使领馆的电话号码……

所有这些，都十分必要。可有一样东西，无论你到哪里，都不可须臾离开，那就是——你可记得带上自己的灵魂？

据说古老的印第安人有个习惯，当他们的身体移动得太快的时候，会停下脚步，安营扎寨，耐心等待自己的灵魂前来追赶。有人说是三天一停，有人说是七天一停，总之，人不能一味地走下去，要驻扎在行程的空隙中，和灵魂会合。灵魂似乎是个身负重担或是手脚不利落的弱者，慢吞吞地经常掉队。你走得快了，它就跟不上趟儿。我觉得此说法最有意义的部分，是证明在旅行中，我们的身体和灵魂是不同步的，是分离分裂的。而一次绝佳的旅行，自然是身体和灵魂高度协调一致，生死相依。

好的旅行应该如同呼吸一样自然，旅行的本质是学习，而学习是人类的本能。身为医生，我知道人一生必得不断地学习。我不当医生了，这个习惯却如同得过天花，在心中留下斑驳的痕迹。旅行让我知道在我之前活过的那些人，他们可曾想到过什么、做过什么。旅行也让我知道，在我没有降生的那些岁月，大自然盛大的恩典和严酷的惩罚。旅行中我知道了人不可以骄傲，天地何其寂寥，峰峦何其高耸，海洋何其阔大。旅行中我也知晓了死亡原不必悲伤，因为你其实并没有消失，只不过以另外的方式循环往复。

凡此种种，都不是单纯的身体移动就能解决问题的，只能留给旅行中的灵魂来做完功课。出发时，悄声提醒，背囊里务必记得安放下你的灵魂。它轻到没有一丝重量，也不占一寸地方，但重要性远胜过 GPS。饥饿时是你的面包，危机时助你涉险过关。你欢歌笑语时，它也无声扮出欢颜。你捶胸顿足时，它也滴泪悲愤……灵魂就算不能像烛火一样照耀着我们的行程，起码也要同甘共苦地跟在后面，不离不弃，不能干三天停一天地磨洋工。否则，我们就是一具飘飘荡荡的躯壳在蹒跚，敲一敲，发出空洞的回音，仿佛千年前枯萎的胡杨。

总有风景打动你

拜伦有一首诗，开头写得很气派：

"我的海盗的梦，我的烧杀劫掠的使命，

在暗蓝色的海上，海水在欢快地泼溅，

我们的心如此自由，思绪辽远无边……"

一些爱好旅游的人，常引用这段诗文的后四句，以抒发自己对大海的观感。其实拜伦这首诗的名字叫"海盗生涯"，借海盗之口来抒发自己狂荡不羁的志向。就算是最钟爱此诗的旅人，恐怕也无法赞同"我的烧杀劫掠的使命"一句，因为这实在同旅游毫不相干。

也许从广义上说，海盗也是一种旅行。

每个人的心底，都潜藏着一个到远方的梦。熟悉的地方已经没有了惊喜，人心思动，渴望浪迹天涯。

如果像上文所述的金戈铁马血战屠城到远方，那是侵略和占领。以前用暴力可横扫天下，现代文明社会，这种方式已被禁绝。

如果是衣衫褴褛地到远方去，那就是乞讨和流浪。这事儿要具体问题具体分析，有走投无路不得不如此的，有心甘情愿甚至乐在其中的。不管怎么说，这种方式对人的意志和耐受力要求都比较高，不是一般人下得了决心的。

如果是道貌岸然地用贪腐和贿赂的钱，到远方去赌博和挥霍，是令人愤慨的事儿，归反贪局和司法部门管辖，咱们先不在这儿讨论。

如果用了纳税人的钱，到国外去考察访问，顺便也浏览参观，这笔钱算是三公开支。很多人义愤填膺，我能理解。不过我作为也纳了些许税款的平头百姓，却愿意把这钱让官员们花销了去长见识拓眼界。记得有一年和某偏远山区的官员聊天，他说刚从欧洲回来，一脸压抑不住的自得。

我说，公款旅游？

他说，也算是吧。有个名头，说是和国外某个机构交流，用了半天时间，我们是官方的，他们是非政府组织，也没啥好说的，彼此笑和客套。然后就是玩了。有一些人大买东西，都带着纸条，家里人和七大姑八大姨交代的，一一照办。我没有这种任务，就带双眼睛东张西望。回来后，我决定的第一件事儿，就是在县城里修上好的茅厕。到了人家外国，才知道茅厕这种地方，也是可以没有味道的。拉屎撒尿这种事情，也能体面地完成。还有一个呢，就是发觉城里的老街不能拆了。人家外国当宝贝似的保存的联合国遗产什么的，就是这种东西。不走出去，不知道它是宝。要是在我这一任为官期间给拆了，就成了罪人。

我说，太好了。

贫困县的官员说，要是没有公款旅游，我不是一个贪官，就没有那么多的钱自己出去转悠。就算有了那么多钱，我老婆也不让我花，她要买金子。可不出去转，我就没有觉悟要善待老房子。就算茅厕的事儿不在乎这一天半天的，可从长计议，但老街肯定是保不住，不定哪个早上，就变破砖烂瓦了。

我历来坚信，旅游的妙处之一——这世界上总有一处风景会打动你。但我没料到打动了这位年轻官员的是——最脏和最老的地方。

如果是用汗水换来的金钱，和"到远方去看看"的渴望，做一个以物易物的交换，有权势的人自然有所不屑，但却是我这种有一点小钱但没有其他讨巧机缘的人，所能采取的最大可行之道。

喜爱文化历史的人，心境平安欢愉的人，感情自由丰沛的人，多半愿意出外旅行，尝试着生命在陌生之地驰骋的感觉。如果一个人身体健康，又有一点闲钱，有了空闲而不想到这个世界上去看一看，若不是守财奴，就是闭锁而无聊的人。

旅行最美妙的感觉，是在它不断轻声提醒我们——你所知甚少，而这个星球如此美好。

世界上的所有人和事儿，给予我们的影响，大体可分为两种。一种是让你的世界变得越来越小。比如那些披露隐私的小情小趣，杯水兴波的小打小闹，死无对证的谣言和气味相投的小圈子，还有逼仄的环境和拥挤的人群……在其中浸泡久了，人也变得松垮灰暗，好像穿了很久的袜子，既无形状也无好气味。

还有一种是让你的世界变得更加广袤，让你开阔视野，通晓古今。让你知道有那么多奇花异草和珍禽猛兽，在你一己的生活方式之外，还有无数种形态绵延不绝地繁衍着，一切皆有可能。高山大川江河湖海，让你从此不惧生死襟怀豁达。让你爱好和平痛恨战争，让你与万物和谐相处与宇宙相通。

好的旅行，就藏在这第二种情形中，值得竭力寻找。

假如酋长是女性

假如远古时代，有两个部落，为了一口水井，引起激烈的争执，到了剑拔弩张、一触即发的关头，怎么办？

假如酋长是男性，肯定热血喷涌，气贯长虹。年轻的男子聚集在他的身边，呼啸着，奔腾着，摩拳擦掌，械斗很可能在下一秒爆发，刀光剑影，血流成河……

男性依据自身强壮的体魄，更相信横刀立马得来的天下，更相信"枪杆子里面出一切"的真理，崇尚一斗定乾坤。

假如酋长是位女性，事态将会如何演变？

她也许首先会被即将到来的惨况，吓得闭紧了眼。她是繁殖和哺育的性别，当生命即将受屠戮的时候，她感到灵魂被锋利的尖刀镂空，椎心刺血的疼痛。

"我们还有没有其他的办法，可以避免这场生命的搏杀？不就是为了一口水井吗？里面流动的液体，一定要用鲜血换回？孩子们，难道已经到了以血为水的地步？透明的清水比滚烫的鲜血更为宝贵吗？"

她苍老的双手伸向黑暗的苍穹，仿佛要在虚空中抓住一条拯救人们的绳索。

"让我们先不要忙着用血去换水，我们避开他们，再挖一口水井吧。"女酋长软弱地退让，"人血不是水，让我们用劳动换取和平。"

人们不甘心地服从着，将地掘出很多深洞，但是，除了原有的井，新的窟窿里干燥得如同沙漠。

人们聚啸起来，隐隐的不满野火一般燃烧。这个女人让我们示弱，让我们劳作，却一事无成。

女酋长敏锐地觉察到了动荡的情绪，但她毫不理会众人的怨恨，继续指示说："让我们出去寻找，双脚走遍每一座险峻的山峦，眼光巡视过每一条隐蔽的峡谷，手指抚摸到每一处潮湿的土地，看是否还能寻觅一眼可以和水井媲美的清泉。让我们尽一切努力，将和平维持到最后一分钟。"

没有，哪里都没有新的水源。千辛万苦、无功而返的寻水人仰天长啸。

"那我去同邻居部落的首领商量，是不是可以研究出一个折中的方案。每家分别用一天水井，合理地分配资源，用公平来尝试和平？"女酋长撕扯着自己的头发，低垂着沉重的头颅。她并非不珍惜自己的尊严，但和尊严同等重要的，是人的生命。

对方部落拒绝了共同使用水井的建议，战云又一次笼罩上空。

仗到了非打不可的时候。假如是男酋长，怒发冲冠，铁马金戈，振臂一呼，兄弟们早就冲上去了，血肉横飞，白骨嶙峋，杀一个天昏地暗。血与火本身，就是惨烈的过程和最终的结论。

女酋长在这千钧一发的机会，依旧犹豫彷徨。她扪心自问，是否已尽到了最大的努力，避免战争？"是的。"她流着泪对自己说，心在泪水中渐渐泡得坚硬起来。

如果一定要刀兵相见，那就来统计一下，我们将要流出多少鲜血？是一盆血？是一桶血？还是一缸血？甚至是一个血的湖泊、血的瀑布、血的海洋？一定要将那血量尽可能地减少，哪怕多保存一滴一缕也好，血液是制造生命的原料。

女酋长掐指计算着，在即将进行的战争中，有多少妻子将失去丈夫？有多少母亲将失去儿子？有多少孩子将失去父亲？有多少家庭将不复存在……女酋长的心凄楚地战栗着，发布作战命令的手高高抬起，又轻轻放下，如是者三。

征集担架，组织救护，战争进行到哪里，医生就要追随到哪里，尽最大的努力减少牺牲，尽最大的努力争取和平……女酋长做好了种种准备之后，艰难地吹响了决斗的号角。

女酋长一方胜利了，人们围着被血水环绕的水井载歌载舞，许多人在狂欢中流下眼泪，凝结成冰晶，他们的亲人永远地走向了远方。

女酋长望着人群，挥之不去的念头盘旋胸间。这块土地底下，真的只有一口井吗？井水真的比生命还要宝贵吗？对方部落的人失去了水源，将如何度日，如何生存？

胜利之后的女酋长，脸上没有笑容。

这就是一个男酋长和一个女酋长之间的不同。这种不同，从上古时代就一直流传下来，源远流长直到今天。

这是我在联合国第四次世界妇女大会上，听一位黑人妇女讲的故事。她反复强调一句话：学会用女性的眼光看世界。

母爱的级别

有人说，爱是与生俱来的。母爱是我们理解爱的最好的范本和老师。

我以为，错。爱是需要学习，需要钻研，需要切磋，需要反复实践，需要考验，需要总结经验，需要批评帮助，需要阅读需要讨论，需要提高需要顿悟……总之，需要一切手段的打磨和精耕细作的艺术。

与生俱来的只有动物的本能。人的爱，超越了血缘、种族、国界，它辽阔的翅膀抵达宇宙的疆界，是地球上任何一种动物都不可能天然辐射的领域。所以，爱不是如同瞳仁的颜色和身高的尺度，是一串基因决定的先天，而是后天艰苦琢磨的成长之丹。

印度狼孩的故事，是一个动物母爱的典范之作。有时想，假如是一个人类的母亲，得到了一只狼的幼崽，将会怎样？一般情形下，怕是不会用乳汁哺育它长大的吧。这不但说明了母爱是盲目的，还说明如果单纯比较母爱的浓度，也许人还不如一只动物。有人会说，狼长大了，会咬人，谁敢喂它？那么，一只小鼠，就会有人类的母亲用乳汁哺育它吗？答案也基本上是否定的。

母爱并不是爱的高级阶段，因为它仅仅是人类的一种本能。人类的婴儿接受母爱，是被动和无意识的。在感知的那一方面来讲，母爱首先是物质的，是生存的必要条件。如果没有母亲的乳汁和精心呵护，小婴儿根本就无法生存。所以，母爱的早期阶段是分割界限不清晰的融合和多方面付出的照料性质，高级阶段则升华为分离和精神的构建。世上有许多母亲，可以把属于动物本能那一部分做得较好，就是可以完成对子女的衣食住行的补给维护，但是对高级部分，就是超越一己博爱人类——从血缘分离弥散扩展和广博的爱，就未必能及格以至优秀。

我们不时地听到，某个母亲因为孩子的学习成绩不好，竟把自己的亲生孩子殴打致死。这是爱吗？很多人说这不是爱，因为他们本能地拒绝承认这是爱，在他们眼中，爱是纯正和没有任何杂质污染的，包括爱是不能有失误的。但我想说，假使把那位死去的孩子复活，问他或她，你的妈妈是否爱你，我想，他和她带着满身伤痕，也会说，妈妈爱……

因为母爱的初级阶段，就是如此盲目和自怜自恋的。她很可能不尊重孩子，难以清晰地界定孩子是另一个完整的独立的个体。她把自己的感受和期望，强加在一个与她完全不同的人身上，就会酿成悲剧。这不但是生理上的，还有更深的心理上的痕迹。我要说，很多成人的家庭不幸和性格缺憾，追索起来，都和母爱只停留在低级阶段，未能完成向高级阶段的转化有关。单纯的低级的母爱，是泥沙俱下糟粕与精华并存的原始状态。

在母爱的高级阶段，母亲要高屋建瓴地完成与孩子的分隔。她高度尊重生命的不同个体之间的差异，帮助一个新的生命走向灿烂和辉煌。这种境界，即使是一个潜质优等的母亲，如果不经过修炼和学习，也是不容易天然达标的。如果将它比作一座关键的闸门，我们将忧虑地看到——无数的母亲被隔绝在门的这一边，只有少数优异的母亲，才能跨越这对她们自身也充满挑战的门槛，完成爱的本质的升华。

既然母爱里包含着如此分明和严格的界限，我们有什么理由坚持——母爱就一定是我们接受爱的完善楷模呢？

所以，我宁可说，爱是没有天造地设的老师的，爱又是无法无师自通的。爱很艰巨，爱要我们在时间中苦苦摸索。

第二辑

心轻者上天堂

泥沙俱下的生活

有年轻人问，对生活，你有没有产生过厌倦的情绪？

说心里话，我是一个从本质上对生命持悲观态度的人，但对生活，基本上没产生过厌倦情绪。这好像是矛盾的两极，骨子里其实相通。也许因为青年时代，在对世界的感知还混混沌沌的时候，我就毫无准备地抵达了海拔五千米的藏北高原。猝不及防中，灵魂经历了大的恐惧、大的悲哀。平定之后，也就有了对一般厌倦的定力。面对穷凶极恶的高寒缺氧、无穷无尽的冰川雪岭，你无法抗拒人是多么渺小、生命是多么孤单这副铁枷。你有一千种可能性会死，比如雪崩，比如坠崖，比如高原肺水肿，比如急性心力衰竭，比如战死疆场，比如车祸枪伤……但你却在苦难的夹缝当中，仍然完整地活着。而且，只要你不打算立即结束自己，就得继续活下去。愁云惨淡畏畏缩缩的是活，昂扬快乐兴致勃勃的也是活。我盘算了一下，权衡利弊，觉得还是取后种活法比较适宜。不单是自我感觉稍愉快，而且让他人（起码是父母）也较为安宁。就像得过了剧烈的水痘，对类似的疾病就有了抗体，从那以后，一般的颓丧就无法击倒我了。我明白日常生活的核心，其实是如何善待每人仅此一次的生命。如果你珍惜生命，就不必因为小的苦恼而厌倦生活。因为泥沙俱下并不完美的生活，正是组成宝贵生命的原材料。

他又问，你对自己的才能有没有过怀疑或是绝望？

我是一个"泛才能论"者，即认为每个人都必有自己独特的才能，赞成李白所说的"天生我材必有用"。只是这才能到底是什么，没人事先向我们交底，大家都蒙在鼓里。本人不一定清楚，家人朋友也未必明晰，全靠仔细寻找加上运气。有的人可能一下子就找到了；有的人费时一世一生；还有的人，干脆终生在暗中摸索，不得所终。飞速发展的现代科技，为我们提供了越来越多施展才能的领域。例如，爱好音乐，爱好写作……都是比较传统的项目，热爱电脑，热爱基因工程……则是近若干年才开发出来的新领域。有时想，擅长操纵计算机的才能，以前必定悄悄存在着，但世上没这物件时，具有此类本领潜质的人，只好委屈地干着别的行当。他若是去学画画，技巧不一定高，就痛苦万分，觉得自己不成才。比尔·盖茨先生若是生长在唐朝，整个就算瞎了一代英雄。所以，寻找才能是一项相当艰巨重大的工程，切莫等闲视之。

人们通常把爱好当作才能，一般说来，两相符合的概率很高，但并不像克隆羊那样惟妙惟肖。爱好这个东西，有时候很能迷惑人。一门心思凭它引路，也会害人不浅。有时你爱的恰好是你所不具备特长的东西，就像病人热爱健康、矮个儿渴望长高一样。因为不具备，所以，就更爱得痴迷，九死不悔。我判断人对自己的才能，产生深度的怀疑以至绝望，多半产生于这种"爱好不当"的旋涡之中。因此，在大的怀疑和绝望之前，不妨先静下心来，冷静客观地分析一下，考察一下自己的才能，真正投影于何方。评估关头，最好先安稳地睡一觉，半夜时分醒来，万籁俱寂时，摈弃世俗和金钱的阴影，纯粹从人的天性出发，充满快乐地想一想。

为什么一定要强调充满快乐地去想呢？我以为，真正令才能充分发育的土壤，应该同时是我们分泌快乐的源泉。

他的最后一个问题是，你是怎样度过人生的低潮期的？

安静地等待。好好睡觉，像一只冬眠的熊。锻炼身体，坚信无论是承受更深的低潮或是迎接高潮，好的体魄都用得着。和知心的朋友谈天，基本上不发牢骚，主要是回忆快乐的时光。多读书，看一些传记。一来增长知识，顺带还可瞧瞧别人倒霉的时候是怎么挺过去的。趁机做家务，把平时忙碌顾不上的活儿都抓紧此时干完。

"我羡慕你"

我是从哪一天开始老的？不知道。就像从夏到秋，人们只觉得天气一天一天凉了，却说不出秋天究竟是哪一天来到的。生命的"立秋"是从哪一个生日开始的？不知道。青年的年龄上限不断提高，我有时觉得那都是上了年纪的人玩出的花样，为掩饰自己的衰老，便总说别人年轻。

不管怎样，我觉得自己老了。当别人问我年龄的时候，我支支吾吾地反问一句："您看我有多大了？"佯装的镇定当中，希望别人说出的数字要较我实际年龄稍小一些。倘若人家说得过小了，又暗暗怀疑那人是否在成心奚落。我开始越来越多地照镜子。小说中常说年轻的姑娘们最爱照镜子，其实那是不正确的。年轻人不必照镜子，世人羡慕他们的目光就是镜子，真正开始细细端详自己的容貌的是青春将逝的人们。

于是我把所有的精力放在孩子身上。记得一个秋天的早晨，刚下夜班的我强打精神，带着儿子去公园。儿子在铺满卵石的小路上走着，他踩着甬路旁镶着的花砖一蹦一跳地向前跑，将我越甩越远。

"走中间的平路！"我大声地对他呼喊。

"不！妈妈！我喜欢……"他头也不回地答道。

我蓦地站住了，这句话是那样熟悉。曾经，我也这样对自己的妈妈说过："我喜欢在不平坦的路上行走。"这一切过去得多么快呀！从哪一天开始，我行动的步伐开始减慢，我越来越多地抱怨起路的不平了呢？

这是衰老确凿无疑的证据。岁月不可逆转，我不会再年轻了。

"孩子，我羡慕你！"我吓了一跳。这是实实在在的声音，从我身后传来，说得很缓慢，好像我的大脑变成一块电视屏幕，任何人都能读出上面的字幕。

我转过身。身后是一位老年妇女，周围再没有其他人。这么说，是她羡慕我。我仔细打量着她，头发花白，衣着普通。但她有一种气质，虽说身材瘦小，却有一种令人仰视的感觉。我疑惑地看着她，我不知道自己有什么值得人羡慕的地方——一个工厂里刚下夜班满脸疲惫之色的女人。

"是的。我羡慕你的年纪，你们的年纪。"她用手指轻轻点了点，将远处我儿子越来越小的身影也括了进去，"我愿意用我所获得过的一切，来换你现在的年纪。"

我至今不知道她是谁，不知道她曾经获得过的那一切都是些什么，但我感谢她让我看到了自己拥有的财富。我们常常过多地注视别人，而自己在不知不觉中失去了最宝贵的东西。人的生命是一根链条，永远有比你年轻的孩子和比你年迈的老人，我们每个人都有自己的位置，有一宗谁也掠夺不去的财宝。不要计较何时年轻，何时年老。只要我们生存一天，青春的财富就闪闪发光。能够遮蔽它的光芒的暗夜只有一种，那就是你自以为已经衰老。

　　年轻的朋友，不要去羡慕别人。要记住人们在羡慕我们！

千头万绪是多少

千头万绪这个词，有一种沸沸扬扬的夸张和缠人喉咙的窒息感，让人心境沮丧，捉襟见肘，好像一个泥潭，不留神陷进去，会被它掩了口鼻，呛得翻白，甚或丢了性命，也说不得。

现代人很常用——或者简直就是爱好用这个词，来描绘自己的生存状况。常常听到人们说自己的处境——千头万绪，要干的工作——千头万绪，待处理的事物——千头万绪，需承担的责任——千头万绪……千头万绪几乎成了一条癞皮狗，死缠烂打地咬住每位现代人的脚后跟，斥之不去。

千头万绪是一个主观的判断，一个夸张的形容。难道对一个普通人来说，世上就真有一万件事，非得你御驾亲征不可？

当我们认定自己进入了千头万绪这一局面的时候，心先就慌了。披头散发，眉毛胡子一把抓，天空也随之阴霾。因为紧迫，就慌不择路。结果是线头越搅越多，原本可以解开的结，也成了死扣。

千头万绪有一种邪恶的威慑力，恐惧和慌乱是它的左膀右臂。一旦被这几个魔头统治了心神，我们在灾难的海市蜃楼面前，往往顿失镇定和勇气。

我认识一位女友，当她说到自己的近况时，脸色晦暗，手指颤抖，嘴唇也无目的地扭曲了，显出干涸辙印中小鱼的表情。

她的确是遇到了足够的麻烦。丈夫外遇十年，儿子正逢高考，模拟考试成绩很不理想。她接手奋战了一年的科研项目，已到了关键时刻，她的高血压又犯了，整天头晕。昨天上街由于精神恍惚，被小偷割裂了书包，偷走了上千元钱。她的邻居在装修房屋，每天电钻声吵得她耳鼓爆炸……

有的时候，真想一死了之！千头万绪啊，我看不到一点光明！她这样说，狠狠捶着自己的太阳穴。

我说，我能体会到你心中的痛楚和无奈。你想改变这一切，但感到自己的绝望和孤独。我们先找到一张白纸，把你最感痛苦烦恼的事件写下来，然后我们看看，有什么办法可以逐个解决它们。

洁白的纸，铺在桌面，如同一片无瑕的雪地。左是起因，右写对策。女友提笔写下：

1.夜里睡不好觉，因为电钻太吵。

我很惊讶地问她，那装修的人家，居然敢冒天下之大不韪，在夜里开动电钻？

女友愣了一下，然后说，那倒不是。楼下孀居多年的邻居要结婚了，房屋不整也实在当不了新房。那家事先已出了安民告示，并于晚上八点以后，不再使用电钻。

我说，那么，你睡不好觉，就另有原因，并不能归于电钻了。

她对着白纸，看了半天，仿佛不认识自己写下的那一行字。然后把"电钻"云云删去了，在对策一栏里，写下——吃两片安眠药。

继续整理你的烦恼。我说。

2.丈夫外遇十年。

真是一个折磨人的大难题。我定定神问，你最近才知道吗？她嘶哑地答，早知道了。

我说，你打算最近采取行动，彻底解决这个问题吗？

她思忖着说，时机还不成熟。无论是离婚还是敦促他痛改前非，都需要时间。

我说，那它是可以从长计议的，也就是目前采取的对策是等待。

女友点点头。

3.昨天丢了一千块钱。

我说，真倒霉啊，对你是雪上加霜。你报案了吗？

她说，报了，但是没寄什么希望。

我说，那就是说，你基本上觉得这笔损失是不可挽回的啦？

她很快地回答，是啊。

我说，不一定啊。也许你不停地愁苦下去，把自己的太阳穴敲出一个透明窟窿，小偷会良心发现，把那笔钱送回来。

她扑哧一声笑了，说，瞧你说的。那小偷根本不知道我是谁，哪怕我今天自杀了，他也不会发慈悲的。

我正色道，说得好。这笔损失，并不因你的痛楚，而有复原的可能。

女友想了想，就把这一条画掉了，重写了一个"3.孩子考不上大学"。

我陪着她深深地叹了一口气，然后问她，你是直到今天才意识到孩子上大学无望吗？

她摇摇头，说，他学习成绩一直不好，这结果其实已在意料之中。以前总幻想能出现一个奇迹，现在彻底破灭了。

我说，不符合实际的幻想破灭，你说是件好事还是坏事？

她明白了我的用意，但还是很沉重地说，面对残酷的现实，总是让人难以接受。

我说，是啊。但事实是否因你的不接受，而有改变的可能呢？

女友说，我还是希望孩子能有接受高等教育的机会啊。

我说，此次没有考上大学，并不意味着孩子永远失去了接受高等教育的机会。

她突然抓住我的手说，你的意思是还有机会？

我说，你觉着呢？我记得你就是通过自学直接考取的研究生啊。

她沉默了很长的时间，然后一字一顿地说，是啊。孩子已经十八岁了，教会他如何应付困境，也许更重要。于是她写下对策——重新来，继续下去。

4.高血压。

我说，你的血压是否已经像珠穆朗玛一样，成了世界上的第一高峰了呢？

她有些气恼了，说，我真的很痛苦，你却在这里穷开心。

我把脸上的笑容收起，说，对于病，也要有一个战略藐视战术重视的应对。我相信你的高血压并非到了药石罔效的地步，只要按时吃药，是可以控制的。你服药很可能不守医嘱。

她有些不好意思，反问，你怎么知道的？

我说，别忘了，我还是有二十多年医龄的老大夫。你瞒不过我的火眼金睛。

女友老老实实地交代说，一忙起来，就忘了。她规规矩矩地写上对策——遵医嘱。

女友的脸色渐渐平稳，但她还是愁肠百结地写下了最后一条。

5. 科研任务紧迫。

我说，关于此项艰巨的任务，你承担了一年。现在到了最后攻关阶段，你是否已对自己丧失了信心？

她很坚定地回答，没有。只是我的心情不好，你知道，对于一个搞研究的人来说，心情就是生产力啊。

我一拍她的手掌说，你讲得好！但心情纯属你精神领域的感觉，你为什么不能使自己的心情明亮起来呢？

她说，讲得轻松！不挑担子肩不疼。我这里千头万绪，哪里就亮得起来！

我含笑说，看看你的千头万绪，还剩下了多少？

那张洁白的纸上，写着：

失眠——安眠药

丈夫外遇——从长计议

（丢钱——自认倒霉）

儿子未考上大学——重新来

高血压——遵医嘱

科研攻关——好心情

她看了一遍又一遍，好像不相信自己的千头万绪，已细化成如此简明扼要的条款。看来，我只要今晚吃上两片安眠药，明早醒来，阳光依旧灿烂？她有些半信半疑。

我说，当所有的头绪都搅在一起的时候，的确很可怕，它们使我们的心情变得极为恶劣，智力陡然下降，判断连续失误，于是事情就进入了一个更糟糕的怪圈。把它们理清，列出对策，就可以逐一攻克了。好心情并不来源于一帆风顺，而是生长于从容和坚定的勇气中啊。

女友说，哈！我知道啦！我们每个人都有长出好心情的土地，就看你是否耕耘。

心轻者上天堂

　　埃及国家博物馆，有一件奇怪的展品。一方用精美白玉雕刻的匣子，大小约和常用的抽屉差不多，匣内被十字形玉栅栏隔成四个小格子，洁净通透。玉匣是在法老的木乃伊旁发现的，当时匣内空无一物。从所放的位置看，匣子必是十分重要，可它是盛放什么东西用的？为什么要放在那里？寓意何在？谁都猜不出。这个谜，在很长一段时间内，让考古学家们百思不得其解。后来，在埃及中部卢克索的帝王谷，在卡尔维斯女王的墓室中，发现了一幅壁画，才破解了玉匣的秘密。

　　壁画上有一位威严的男子，正在操纵一架巨大的天平。天平的一端是砝码，另一端是一颗完整的心。这颗心是从一旁的玉匣子中取出的。埃及古老的文化传说中，有一位至高无上的美丽女性，名叫快乐女神。快乐女神的丈夫，是明察秋毫的法官。每个人死后，心脏都要被快乐女神的丈夫拿去称量。如果一个人是欢快的，心的分量就很轻，女神的丈夫就判那颗羽毛般轻盈的心，引导着灵魂飞往天堂。如果那颗心很重，被诸多罪恶和烦恼填满褶皱，快乐女神的丈夫就判他下地狱，永远不得见天日。

原来，白玉匣子是用来盛放人的心灵的。原来，心轻者可以上天堂。

自从知道了这个传说，我常常想，自己的心是轻还是重，恐怕等不及快乐女神的丈夫用一架天平来称量，那实在太晚了。呼吸已经停止，一生盖棺定论，任何修改都已没有空白处。我喜欢未雨绸缪，在我还能微笑和努力的时候，就把心上的坠累一一摘掉。我不希图来世的天堂，只期待今生今世此时此刻朝着愉悦和幸福的方向前进。天堂不是目的地，只是一个让我们感到快乐自信的地方。

心灵如果披挂着旧日尘埃，好像浸满了深秋夜雨的蓑衣，湿冷沉暗。如何把水珠抖落，在朗空清风中晾干哀伤的往事？如何修复心理的划痕，让它重新熠熠闪亮一如海豚的皮肤在前进中把阻力减到最小？如何在阳光下让心灵变得通透晶莹，仿佛古时贤臣比干的七窍玲珑心，忠诚正直诚恳聪慧，却不会招致悲剧的命运？

我们不是从一张白纸开始自己的心灵健康之旅，背负着个人的历史和集体的无意识。在文化的熏染中长大，它们对我们的影响复杂而深远，微妙而神秘。

豆角鼓

有一个在幼儿园就熟识的朋友，男生。那时，我们同在一张小饭桌上吃饭。上劳动课的时候，阿姨发给每人一面跳新疆舞用的小铃鼓，里头装满了豆角。当我择不完豆角丝的时候，他会来帮我。我们就把新疆铃鼓称为豆角鼓。

以后几十年，我们只有很少的来往，彼此都知道对方在城市的某一个角落里，愉快地生活着。一天，他妻子来电话，说他得了喉癌，手术后在家静养，如果我有时间的话，请给他去个电话。我连连答应，说明天就做。他妻子略略停了一下说，通话时，请您尽量多说，他会非常入神地听。但是，他不会回答你，因为他无法说话。

第二天，我给他打了电话。当我说出他的名字以后，对方是长久地沉默。我习惯地等待着回答，猛然意识到，我是不可能得到回音的。我便自顾自地说下去，确知他就在电线的那一端，静静地聆听着。自言自语久了，没有反响也没有回馈，甚至连喘息的声音也没有，感觉很是怪异。好像你面对着无边无际的棉花垛……

那天晚上，他的妻子来电话说，他很高兴，很感谢，希望我以后常常给他打电话。

我答应了，但拖延了很长的时间。也许是因为那天独自说话没有回声的感受太特别了。后来，我终于再次拨通了他家的电话。当我说完，你是××吗？我是你幼儿园的同桌啊……

我停顿了一下，并不是等待他的回答，只是喘了一口气，预备兀自说下去。就在这个短暂的间歇里，我听到了细碎的哗啦啦声……这是什么响动？啊，是豆角鼓被人用力摇动的声音！

那一瞬，我热泪盈眶。人间的温情跨越无数岁月和命运的阴霾，将记忆烘烤得蓬松而馨香。

那一天，每当我说完一段话的时候，就有哗啦啦的声音响起，一如当年我们共同把择好的豆角倒进菜筐。当我说再见的时候，回答我的是响亮而长久的豆角鼓声。

你好，荞

一位女友，告诉我这样一件事。

上小学的时候，班上有个女同学，叫作荞，家境贫寒，每学期都免交学杂费。她衣着破烂，夏天总穿短裤，是捡哥哥剩下的。我和她同期加入少先队。那时候，入队仪式很庄重。新发展的同学面向台下观众，先站成一排，当然脖子上光秃秃的，此刻还未被吸收入组织嘛。然后一排老队员走上来，和非队员一对一地站好。这时响起令人心跳的进行曲，校长或是请来的英模——总之是德高望重的长辈，口中念念有词，说着"红领巾是红旗的一角，是用烈士的鲜血染成"等教诲，把一条条新的红领巾发到老队员手中，再由老队员把这一鲜艳的标志物，绕到新队员的脖子上，亲手挽好结，然后互敬队礼，宣告大家都是队友啦！隆重的仪式才算完成。

新队员的红领巾，是提前交了钱买下的。荞说她没有钱。辅导员说，那怎么办呢？荞说，哥哥已超龄退队，她可用哥哥的旧领巾。于是那天授巾的仪式，就有一点特别。当辅导员用托盘把新领巾呈到领导手中的时候，低低说了一句。同学们虽听不清是什么，但能猜出来——那是提醒领导，轮到荞的时候，记得把托盘里的那条旧领巾分给她。

满盘的新领巾好似一塘金红的鲤鱼，支棱着翅角。旧领巾软绵绵地卧着，仿佛混入的灰鲫，落寞孤独。那天来的领导，可能老了，不曾听清这句格外的交代，也许他根本没想到还有这等复杂的事。总之，他一一发放领巾，走到荞的面前，随手把一条新领巾分给了她。我看到荞好像被人砸了一下头顶，身体矮了下去。灿如火苗的红领巾环着她的脖子，也无法映暖她苍白的脸庞。

那个交了新红领巾的钱，却分到一条旧红领巾的女孩，委屈至极。当场不好发作，刚一散会，就怒气冲冲地跑到荞跟前，一把扯住荞的红领巾说，这是我的！你还给我！

领巾是一个活结，被女孩拽住一股猛挣，就系死了，好似一条绞索，把荞勒得眼珠凸起，喘不过气来。

大伙扑上拉开她俩。荞满眼都是泪花，窒得直咳嗽。

那个抢领巾的女孩自知理亏，嘟囔着，本来就是我的嘛！谁要你的破红领巾！说着，女孩把荞哥哥的旧领巾一把扯下，丢到荞身上，补了一句——我们的红领巾都是烈士用鲜血染的，你的这条红色这么淡，是用刷牙刷出的血染的。

经她这么一说，我们更觉得荞的那条旧得凄凉。风雨洗过，阳光晒过，溺了颜色，布丝已褪为浅粉。铺在脖子后方的三角顶端部分，几成白色。耷拉在胸前的两个角，因为摩挲和洗涤，絮毛纷披，好似炸开的锅刷头。

我们都为荞不平，觉得那女孩太霸道了。荞一声未吭，把新领巾折得齐整整，还给了它的主人。把旧领巾两端系好，默默地走了。

后来我问荞，她那样对你，你就不伤心吗？荞说，谁都想要新领巾啊，我能想通。只是她说我的红领巾，是用刷牙刷出的血染的，我不服。我的红领巾原来也是鲜红的，哥哥从九岁戴到十五岁，时间很久了。真正的血，也会褪色的。我试过了。

我吓了一跳。心想，她该不是自己挤出一点血，涂在布上，做过什么试验吧？我没敢问，怕得到一个肯定的答复。

毕业时候，荞的成绩很好，可以上重点中学。但因为家境艰难，只考了一所技工学校，以期早早分担父母的窘困。

在现今的社会里，如果没有意外的变故，接受良好的教育，是从较低阶层进入较高阶层的——不说是唯一，也是最基本的孔道。荞在很小的时候，就放弃了这种可能。她也不是具有国色天香的女孩，没有王子骑了白马来会她。所以，荞以后的路，就一直在贫困的底层挣扎。

我们这些同学，已近了知天命的岁月。在经历了种种的人生，尘埃落定之后，屡屡举行聚会，忆旧兼互通联络。荞很少参加，只说是忙。于是那个当年扯她领巾的女子说，荞可能是混得不如人，不好意思见老同学了。

荞是一家印刷厂的女工。早几年，厂子还开工时，她送过我一本交通地图。说是厂里总是印账簿一类的东西，一般人用不上的。碰上一回印地图，她赶紧给我留了一册，想我有时外出，或许会用得着。

说真的，正因为常常外出，各式地图我很齐备。但我还是非常高兴地收下了她的馈赠。我知道，这是她能拿得出的最好的礼物了。

一次聚会，荞终于来了。她所在的工厂宣布破产，她成了下岗女工。她的丈夫出了车祸，抢救后性命虽无碍，但伤了腿，从此吃不得重力。儿子得了肝炎休学，需要静养和高蛋白。她在几地连做小时工，十分奔波辛苦。这次刚好到这边打工，于是抽空和老同学见见面。

我们都不知说什么好，只是紧握着她的手。她的掌上有很多毛刺，好像一把尼龙丝板刷。

半小时后，荞要走了。同学们推我送送她。我打了一辆车，送她去干活的地方。本想在车上，多问问她的近况，又怕伤了她的尊严。正斟酌为难时，她突然叫起来——你看！

你快看！

窗外是城乡交界部的建筑工地，尘土纷扬，杂草丛生，毫无风景。我不解地问，你要我看什么呢？

荞很开心地说，我要你看路边的那一片野花啊。每天我从这里过的时候，都要寻找它们。我知道它们哪天张开叶子，哪天抽出花茎，在哪天早晨，突然就开了……我每天都向它们问好呢！

我一眼看去，野花已风驰电掣地闪走了，不知是橙是蓝。看到的只是荞的脸，憔悴之中有了花一样的神采。于是，我那颗久久悬起的心，稳稳地落下了。我不再问她任何具体的事情，彼此已是相知。人的一生，谁知有多少艰涩在等着我们？但荞经历了重重风雨之后，还在寻找一片不知名的野花，问候着它们。我知道在她心中，还贮备着丰足的力量和充沛的爱，足以抵抗征程的霜雪和苦难。

此后我外出的时候，总带着荞送我的地图册。朋友这样结束了她的故事。

友情如鞭

一次，一个陌生口音的人打电话来，请求我的帮助，很肯定地说我们是朋友（我们就称他 D 吧），相信我一定会伸出援手。我说我不认识你啊。D 笑笑说，我是 C 的朋友。我不由自主地对着话筒皱了皱眉，又赶紧舒展开眉心。因为这个 C 我也不熟悉，幸好我们的电话还没发展到可视阶段，我的表情传不过去，避免了双方的尴尬。

可能是听出我话语中的生疏，D 提示说，C 是 B 的好朋友啊。

事情现在明晰一些了，这个 B，我是认识的。D 随后又吐出了 A 的姓名，这下我兴奋起来，因为 A 确实是我最要好的朋友之一。

D 的事很难办，须用我的信誉为他作保。我不是一个太草率的人，就很留有余地地对他说，这件事让我想一想，等一段时间再答复你。

想一想的实质——就是我开始动用自己有限的力量，调查 D 这个人的来历。我给 A 打了电话，她说 B 确实是她的好友，可以信任的。随之 B 又给 C 作了保，说他们的关系非同一般，尽可以放心云云。然后又是 C 为 D 投信任票……

总之，我看到了一条有迹可循的友谊链。我由此上溯，亲自调查的结果是：ABCD 每一个环节都是真实可信的。

我的父母都是山东人，虽说我从未在那块水土上生活过，但山东人急公好义的血浆，日夜在我的脉管里奔腾。我既然可以常常信任偶尔相识的路人，又有什么理由不相信自己朋友的朋友呢？

依照这个逻辑，我为 D 作了保。

结果却很惨。他辜负了我的信任，是个见利忘义的小人。

愤怒之下，我重新调查了那条友谊链，我想一定是什么地方查得不准，一定是有人成心欺骗了我。我要找出这个罪魁，吸取经验教训。

调查的结果同第一次一模一样，所有的环节都没有差错，大家都是朋友，每一个人都依旧信誓旦旦地为对方作保，但我们最终陷入了一个骗局。

问题出在哪里呢？我久久地沉思。如果我们摔倒了，却不知道是哪一块石头绊倒了我们，这难道不是比摔倒更为懊丧的事情吗？

那条友谊链在我的脑海里闪闪发光，它终于使我怀疑起它的含金量来了。

这世上究竟有多少东西可以毫不走样地一代一代地传递下去？嫡亲的骨肉，长相已不完全像他的父母。孪生的姊妹，品行可以天壤之别。遗传的子孙，血缘能够稀释到 1/16、1/32。同床的伴侣，脑海中缥缈的梦境往往是南辕北辙。高大的乔木，可以因为环境的变迁，异化为矮小的草丛。橘树在淮南为橘而甜，移至淮北变枳而酸。甚至极具杀伤性的放射元素，也有一个不可抗拒的衰变过程，在亿万年的黑暗中，蜕变为无害的石头……

人世间有多少不以人的意志为转移的规律，其中也包括了我们最珍爱的友谊。

友情不是血吸虫病，不能凭借口口相传的钉螺感染他人。兵无常势，水无常形。变是常法，要求友谊在传递的过程中，像复印一般的不走样，原是我们一厢情愿的幼稚。

道理虽是想通了，但情感上总是挽着大而坚硬的疙瘩。我看到友情的传送带，在寒风中变色。信任的含量，第一环是金，第二环是锡，第三环是木头，到了 C 到 D 的第四环，已是蜡做的圈套，在火焰下化作烛泪。

现代人的友谊如链如鞭。它羁绊着我们，抽打着我们。世上处处是朋友，我们一天在各式各样友情的旋涡中浮沉。

几乎每一个现代人，都曾被友谊之链套牢，都曾被友谊之鞭击打出血痕。

于是，我常常在白日嘈杂的人群中厌恶友情，羡慕没有友谊只有利益的世界。虽然冷酷，然而简洁。

到了月朗星稀的夜半，当孤寂的灵魂无处安歇时，我又如承露的铜人一般，渴盼着友人自九天之上洒下琼浆。

现代人的友谊，很坚固又很脆弱。它是人间的宝藏，我们须珍爱。友谊的不可传递性，决定了它是一部孤本的书。我们可以和不同的人有不同的友谊，但我们不会和同一个人有不同的友谊。友谊是一条越掘越深的巷道，没有回头路可以走的。刻骨铭心的友谊也如仇恨一样，没齿难忘。

友谊是一种易变的东西，假如它不是变得更好，就是不可抑制地变坏了，甚至极快地消亡。有时，在很长一段岁月里，友谊似乎是一成不变的，保持很稳定的状态。这是友谊正在承受时间的考验。

这个世界日新月异。在什么都是越现代越好的年代里，唯有友谊，人们保持着古老的准则。朋友就像文物，越老越珍贵。

友谊是一种生长缓慢的植物，砍伐它只需要一斧一瞬，培育它则需一世一生。仿佛也有像泡桐一样速生的友谊，但它也像泡桐一样，算不得上好的木材。当然，也有在刹那间酿出友谊的醇酒的，但那多需要极严酷的环境，或是泰山压顶，或是血刃封喉，于平常人是不大相干的。

友谊说起来是极宽广极忠厚的襟怀，其实又是很自私的。它的不可转让性就是明证。它只是一个个体对另一个个体单枪匹马的承诺，时间都有严格的限制，是馈赠不得的。

在老家是朋友，到了深圳就不一定是朋友。穷的时候是朋友，富了以后很可能就谁也不认识谁了。小的时候是朋友，老的时候或许形同陌路。不信掏出我们每个人的电话簿，你就会发现，前些年经常联系的友人，现在已不知他们飘零何方。有些人已经反目，我们甚至不愿意再看到他们的名字。人为什么要不断地更换电话簿，我以为这是其中一个很重要的原因。

友谊还需滋养。有的人用钱，有的人用汗，还有的人用血。友谊是很贪婪的，绝不会满足于餐风饮露。友谊最简朴同时也是最奢侈的营养，是需要用时间去灌溉的。友谊必须述说，友谊必须倾听。友谊必须交谈的时刻双目凝视，友谊必须倾听的时分全神贯注。友谊有的时候是那样脆弱，一个不经意的言辞，就会使大厦顷刻倒塌。友谊有的时候是那样容易变质，一个未经证实的传言，就会让整盆牛奶变酸。

友谊之链不可继承，不可转让，不可贴上封条保存起来而不腐烂，不可冷冻在冰箱里永远新鲜。

正确地讲，友谊是没有链的，有的只是一个个孤立的小环。它为我们度身而做，就像童话中的水晶鞋，换一只脚就套不进去。它是一种纯粹个人栽植的情感树，树上只结一个果子，叫作信任。

红苹果只留给灌溉果树的人品尝。

别的人摘下来尝一口，很可能酸倒了牙。

平安扣

女友送我一只翡翠平安扣，红丝绳系着。它碧绿地沉重地坠在我胸口，澄清中透出云雾状的"棉"，水色迷蒙。扣的正中有一个完整的孔，仿佛一支竹箫横断。清冽的空气在扣中穿行，染出一缕青黛。

我问，真的吗？

友人说，什么啊？

我说，翡翠呀。

友人说，美得你！这么大一块上乘翡翠，价值连城，把我的身家都卖了，也送你不起的。当然是假的了，经过化学处理的石头而已。

我把平安扣摘下来说，既是假的，那还有什么意思呢？我看这平安扣，倒是很像一枚铜钱。

朋友抚摸着平安扣说，它和铜钱，实在是大不同。铜钱外圆内方，上书××通宝的字样，内芯尖锐刻板，实为锱铢必较之相。平安扣不着一字，外圈是圆的，象征着辽阔天地混沌无限。内圈也是圆的，祈愿着我们内心的平宁安远。在它微小的空间里，蕴含了整个壮丽的大自然。它昭示当你的心与天地一致，便有了伟大的包容和协调，锁定了你的平安。

我叹了一口气说，讲得虽好，但世事维艰，我们脆弱的心，在历经沧桑之后，怎样才能清风朗月圆润如初？

友人陪着我叹气说，是啊。没人能承诺我们一生永远晴天，没人能预知草莽中潜藏毒蛇猛兽，没人能勾勒出命运的风刀霜剑，没人能掐算出何时将至大限……从这个意义上讲，纵用尽天下翡翠，打凿出如泰山那般大的一枚巨平安扣，悬挂在星辰间，也是没有丝毫作用的。然而，外界虽不能把握，内心却可以调适。任你弱水三千，我自谈笑风生，谁又能奈何我们呢？你我也许不知道，命运将在哪一个急转弯处踉跄跌倒，但我们确知，即使匍匐在地，也依然强韧地准备着爬起……

我把石头雕成的平安扣，重又挂在颈上。友人说，送你的翡翠是假，平安的祝福是真。每个人，都是自己的平安扣啊。

最大的缘分

这几年，缘字泛滥，见面就是缘。

在翠绿的伊犁河谷，一位哈萨克少女，高擎着马奶子酒说，尊贵的客人，世上最高最长远的缘分是什么呢？是吃啊！一生下来，婴儿就要吃。到不能吃的时候，缘分也就尽了。人们因吃而聚，因吃而离……

那一天，所有的味道，都被这句话漂白。

吃是笼罩天穹的巨伞。甚至从生命还没有诞生，我们就开始吃了。构成我们机体原初的那些物质：骨的钙，血的铁，瞳孔的胡萝卜素，头发的维生素原 B_5，肌肉的纤维，脑神经的沟回……无一不是我们从大自然攫取来的。生命始自吃大自然，大自然是胚胎化缘的钵，这就是最洪荒的缘分啊。

出生后，我们开始吃母亲。乳汁是世界上最完整最富于消化吸收的养料，妈妈的胸怀，是我们赖以生存的谷仓、遮风雨的帐篷、温暖的火墙和日夜轰响的交响乐团（资料证明，婴儿在母亲的心跳声中，感觉最安宁。因为这声音的节奏，已融入孩子永恒的记忆）。因为吃与被吃，母与子，结成天下无与伦比的友谊。这种友谊被庄严地称为——母爱。

长大了，我们开始吃自己。养活你自己，几乎是进入成人界最显著的标志。填平空虚的胃，曾经是多少人惨淡经营的梦想。待统计到国计民生上，温饱解决了，我们就能进入小康，吃——此刻不仅仅是食物，更成了逾越文明纪录的标杆。吃是基础，吃是栋梁，有了吃，一个民族才能在世界的麦克风中有扩大的声音。没有吃，肚子咕咕叫的动静压倒一切，遑论其他！

夫妻走到一块，叫作从此在一个饭锅里搅马勺了。吃是男女长久的媒人和黏合剂。

普天之下，熙熙攘攘，多少酒肆饭楼，早茶晚宴，都是为吃聚在一处。古往今来，不知有多少大事在觥筹交错中议定，有多少金钱在餐桌下滚滚作响。

为了吃，人是残忍的，远古时曾尝遍了包括人自身在内的所有生物。进步了，不再吃人。科学了，不再吃有害健康的食物。但人的好吃仍是无与伦比，毒蛇有毒，拔了牙吃。河豚烈性，剥了内脏继续吃。珍禽异兽，都曾被人烹炸清炖，吃了南极吃北极，先是磷虾后是鲸……人是地球上能吃善吃的冠军，狮子老虎都得自叹弗如。

吃到遥远的地方，吃出奇异的境界，是人类永不磨灭的理想。所以人总想吃出地球去，吃到太空去，到另外的星球上找饭辙，这便是无限神往的明天了。

到什么也不想吃的时候，生命已到尾声，与这世界的缘分将尽了。所以能吃是最基本的缘分，切不可小觑。与"能吃"的可爱相比，功名利禄都是泔水。吃亦有道，需吃得聪明，吃得正大，吃得坦荡，吃的是自己双手挣来的清白，吃才是人间的幸福。

珍惜能吃的日子，珍惜一道举筷的亲人。珍惜畅饮的朋友，珍惜吃的智慧。敬畏热爱供给我们吃的原料，吃的场所，吃的机会，吃的概率的源头——大自然与母亲！

珍惜愤怒

　　小时候看电影，虎门销烟的英雄林则徐在官邸里贴一条幅"制怒"，由此知道"怒"是一种凶恶而丑陋的东西，需要时时去制伏它。

　　长大后当了医生，更视怒为健康的大敌。师传我，我授人：怒而伤肝，怒较之烟酒对人为害更烈。人怒时，可使心跳加快、血压升高、瞳孔散大、汗毛竖紧……一如人们猝然间遇到老虎时的反应。

　　怒与长寿，好像是一架跷跷板的两端，非此即彼。

　　人们渴望强健，于是人们憎恶愤怒。

　　我愿以我生命的一部分为代价，换取永远珍惜愤怒的权利。

　　愤怒是人的正常情感之一，没有愤怒的人生，是一种残缺。当你的尊严被践踏，当你的信仰被玷污，当你的家园被侵占，当你的亲人被残害，你难道不会滋生出火焰一样的愤怒吗？当你面对丑恶、面对污秽，面对人类品质中最阴暗的角落，面对黑夜里横行的鬼魅，你难道能压抑住喷薄而出的愤怒吗？

愤怒是我们生活中的盐。当高度发达的物质文明像软绵绵的糖一样簇拥着我们的时候，现代人的意志像被泡酸了的牙一般软弱。小悲小喜缠绕着我们，我们便有了太多的忧郁。城市人的意志脱了钙，越来越少倒拔垂杨柳、强硬似铁、怒目金刚式的愤怒，越来越少见幽深似海、水波不兴却孕育极大张力的愤怒。

没有愤怒的生活是一种悲哀，犹如跳跃的麋鹿丧失了迅速奔跑的能力，犹如敏捷的灵猫被剪掉了胡须。当人对一切都无动于衷，当人首先戒掉了愤怒，随后再戒掉属于正常人的所有情感之后，人就在活着的时候走向了永恒——那就是死亡。

我常常冷静地观察他人的愤怒，我常常无情地剖析自己的愤怒，愤怒给我最深切的感受是真实，它赤裸而新鲜，仿佛那颗勃然跳动的心脏。

喜可以伪装，愁可以伪装，快乐可以加以粉饰，孤独忧郁能够掺进水分，唯有愤怒是十足成色的赤金。它是石与铁撞击一瞬痛苦的火花，是以人的生命力锻造出的双刃利剑。

喜更像一种获得，一种他人的馈赠；愁则是独自咀嚼一枚青橄榄，苦涩之外别有滋味。唯有愤怒，那是不计后果、不顾代价、无所顾忌的坦荡的付出。在你极度愤怒的刹那，犹如裂空而出横无际涯的闪电，赤裸裸地裸露了你最隐秘的内心。你想认识一个人，就去看他的愤怒吧！

愤怒出诗人，愤怒也出统帅、出伟人、出大师，愤怒驱动我们平平常常的人做出辉煌的业绩。只要不丧失理智，愤怒便充满活力。

怒是制不伏的，犹如那些最优秀的野马，迄今没有任何骑手可以驾驭它们。愤怒是人生情感之河奔泻而下的壮丽瀑布，愤怒是人生命运之曲抑扬起伏的高亢音符。

珍惜愤怒，保持愤怒吧！愤怒可以使我们年轻。纵使在愤怒中猝然倒下，也是一种生命的壮美。

为富人担保的穷人

南方的一座小城。

瘦弱的女人，大约四十岁，朴素到陈旧的装束，使人很难把她和推销信用卡这种新潮行当联系起来。她业绩显赫，在很短的时间内就推销了上千张，每张卡一千元开户，且全部是个人购买。

你干得很出色啊，我说。

人到了没办法的时候，就给逼出主意来了……我原在工厂做工，后来不景气……银行给了我一大沓表，每张表相当于一张卡。要是我不能把这些卡推销出去，今后的工作就很难说……她淡淡地讲着，表情也像一张新的信用卡，平和而干净。

你的第一张卡卖给谁了呢？是不是很难？我小心地问，万事开头难，以她的年纪、长相和性格，第一步肯定布满荆棘。

没想到她笑起来，说，第一张是一点儿也不难的，我一下子就卖出去了。我自己买了我的第一张卡。虽然没那么多闲钱，但我得先学会用卡，要是我都稀里糊涂的，还能指望别人买卡吗？

说着，她从衣袋里掏出一个男用钱夹，里头小格子很多，好像盛不了多少钱，是人造革的。她一边说一边很亲切地抚摸着皮夹，好像它是一只有呼吸的小动物。它是我工作的帮手，用个文明词，就是道具。

她接着讲述卖第二张卡的经历。

那是一户大款。我把来意说了，他连头也不抬地说，你给我出去，我不要什么卡。以我多少年的经验，没有什么比现钱更好使的东西了。

我说，您的生意越做越大，钱会越聚越多。总有一天，您带的现钱会使您走不动路。

他把头抬起来一字一顿地说，那我会雇人给我扛着钱。

我说，以我多少年的经验，钱放在谁的口袋里，也不如放在自己兜里保险。我请您看看这个国外最新式样的钱夹。

他注意地盯着我说，你是推销钱夹还是推销信用卡的？

我不理他，把小格子一个个展示给他看。然后说，这些地方都是装信用卡的，真正有钱的人，随身带的是卡而不是钱。当然他们有时也带一点儿零钱，那是为了付小费和施舍乞丐。用卡是一种文明的方式，真正的大亨是不屑于用大拇指数钱的，他们只用食指把卡推过去。假如您到大饭店请朋友吃饭，当着客人的面数一大沓旧钞票，是一件煞风景的事。别的不说，就说钞票不干净，上面带着数不清的病菌，您跟别人握手，人家也许会嫌您脏……

他突然打断我的话，说，你还有完没完了？咒我啊？我买你的卡就是了！

说完这段经历，她又安静地沉默下来。

我说，你对大款倒真是不卑不亢。但世上的大款终究是少数，对工薪阶层你说什么呢？

女人说，我对那些常常出差的人讲，你们出门在外，最怕的不就是丢钱吗？办事且不说，单是……咱们都这么大岁数了，我也不怕难为情，街上卖的带拉锁的裤头就是干这个使的。可夏天您就不出汗了？出了汗，您就不洗内衣了？那点儿钱像耗子搬家似的藏来藏去，烦不烦人？要是遇着临时用钱的事，你还得上厕所掏钱，着急不着急？

听你这么一说，他们一定乐意买卡了。我说。

也不一定。有的人是立马儿掏钱了。也有的人说，别把你的卡说得那么好，带钱会丢，带卡就不会丢了吗？小偷可不认这个理！

那你怎么回答呢？我有些替她着急。

我就说，使卡的时候，要和本人的身份证配合着用。您把卡装在左兜里，把身份证装在右兜里。单偷了卡，他也没法用。哪儿那么巧，小偷先掏了您左兜又掏您右兜，您就把卡和身份证一块儿都丢了呢？回来补个卡就是了，避免了损失。听我这么一说，那些出差的人就笑起来，说我们买你的卡了。

我说，这座城市并不大，就算大款和出差的人都买了你的卡，离你要完成的数量也还差着呢。

她叹了一口气说，是啊，我就是只有再想办法了。

比如碰到有人结婚，我就找到他的朋友们，说，你们正在想送给新人什么礼物吧？我给你们出个主意，凑钱送他们一张信用卡吧，这比送人家一大堆锅碗瓢盆、床单被面要好。一是小两口可以买自己心爱的东西，你们就尽了心意。二是什么时候人家用起这卡来，都会想起朋友的情义。哪怕卡上的钱用完了，他们自己往卡里续钱，也还记得你们开的这个头……

要是哪个单位效益好，预备表彰先进模范，我就去对领导说，给你们的先进人物送一张卡吧，这个礼物新颖……

女人说，不过，一下子能奖励一千块钱的单位并不多。有的领导说，我们的胃口没有那么大。我就说，你只需奖二十块钱就行。轮到领导搞不懂了，我说，每张卡需要二十块钱的开户费，您把这个钱出了，剩下的钱由个人出，也可以啊。现在的二十块钱实在算不了什么，买只烧鸡还缺条腿呢。您要是单奖给谁二十块钱，保证拿不出手，可您奖了他这个开户的手续，礼轻情意重啊！中国人有时候挺怪的，心疼小钱，不心疼大钱。许多人不愿意让这个开户的资格作废，就买了卡……

我说，看来你很顺利啊。

她停顿了一下说，我光跟您说好的了，也有很为难的时候。

我说，举一个你最为难的例子好吗？

她低下头，短发遮没了半个脸庞，一种疲倦的沧桑浮上眼帘，眼角罩起银杏叶一般的纹路。

有一次，我向一位总经理推销信用卡……她困难地说。

无论在哪个部门，我都是从最大的头头开始推销。上行下效，中国人信这个。只要领导买了，底下的人就放心了，要不，你说破天，大家也不信你。

买卡是需要担保人的。也就是说，如果持卡人恶意透支的话，担保人要承担损失。因为银行是以天为单位结算的，如果有人在一天内快速支出巨额，不到晚上结算的时候，电脑是反映不出来的。假如这个人跑了，银行的损失就得找担保人了。

我请总经理代表单位为他的职员担保。

他说，这年头，谁能担保得了谁呢？当父母的担保不了儿女，丈夫担保不了老婆。我不能为他们担保。

我说，如果你不能为所有的员工担保，只为您的高级职员担保吧。

他说，那也不行，我信不过他们。

我说，那您只为您的副总经理担保如何？

总经理说，除了我自己，我不相信这世界上的任何人。

我定定地看着他，一字一句地说，这个世界上总还是好人多。

他似笑非笑地对我说，你真是这样认为吗？

我说，真的，我受过很多次骗，但我还是愿意相信别人。当我搞不清一个人该相信还是不该相信的时候，我只有相信他。

他的脸色很难看，说，你的话算数吗？

我说，我虽是一个女人，但比许多男人更守信用。

他说，那好吧，我给你一个实践的机会。咱们两个素不相识，现在，你如果肯给我做担保人，我就买你的卡。而且，我为我的员工做担保。

我一下子愣在那里了。他是腰缠万贯的大富翁，我是一个下岗的女工。如果他要恶意透支，我就是砸锅卖铁也还不上他欠的钱啊！但我知道我不能退却，这已经不单是能不能推销出去一张卡的事情了，还关乎某种做人的原则。

在他富丽堂皇的老板台前，我停顿了片刻。不是我迟疑，而是为了能让他更好地听清我的话。我再次一字一句地对他说——我是一个穷人，但我愿意为您担保。

女人说完这句话，久久地沉默了。

我说，你以后害怕了吗？

她说，是啊。不过，我不后悔。只是这事至今没跟我丈夫讲，他是个安分守己的人，若知道了，会吓得睡不着觉的。

停了许久，女人说，其实，这还不是最为难的。我最难过的是有一次碰到从前一起做工的姐妹。

她们问我现在在做什么。我跟她们说起卡来，并不是要显摆什么，只是天天都和卡打交道，卡已经成了我生活中的一部分，不由自主地说起来了。单是说说卡是怎么回事也就罢了，千不该万不该，我不该在介绍完卡以后说了一句，卡有这么多的方便，你也买张卡吧……

我真的不是故意要推销卡，只是一种习惯。

以前的姐妹就说，你说的这个卡大概真是很好。我们信你的话。可对我们来说有什么用呢？能用这卡从自由市场买菜吗？能上小卖铺买酱油吗？能到煤店里买煤吗？能在学校里用它交孩子的学费吗……

我站在马路当央，一句话也说不出来……

推销卡的女人垂着眼帘，忽然，她睁开了眼睛，说，您知道什么样的人最不喜欢买卡了吗？

我猜测着说，是收入比较窘迫的人吧？

她说，您错了。收入少的人不买卡，只是觉着卡和自己的关系不大，就像人们不关心火星上发生什么事一样。如果他们挣了钱，还是会买的。

最不喜欢买卡的人是那些有灰色收入的人，因为卡上的每一笔花费都有案可查，你什么时候在什么地点花了多少钱，电脑这只神眼都会忠实地记录下来。虽说是给用户保密，但心里有鬼的人不愿在世上留下任何痕迹，他们只愿意神不知鬼不觉地在暗处花钱。所以，有些人我是从来不动员他们买卡的。他们是卡的黑洞。

她疲惫地一笑，说，卡是个新事物，是和世界接轨的东西。可有些简单的东西到了咱们这儿，就变得复杂起来。我现在只盼那个我做担保的富人，不要上了恶意透支的黑名单。

面对不确定性的忍耐

什么是不确定性呢?

当然可以顾名思义。也许因为当医生出身,总是觉得这类专有名词有它固定的家族史,还是先追溯渊源、验明正身再来讨论斟酌,相对稳妥些。

在书上查到了对不确定性原理的解释。

光的含能量的量子称为光子,光子含有的能量极为微小。在日常生活里,这些微小的光子对周遭的世界好像没有什么特别的影响。但当科学家开始研究原子世界时,情况便大大不同了。原子里的粒子都是极细小的东西,比如说电子,大约十亿个十亿乘十亿的电子才有一根羽毛的重量。由于这些物质粒子是极细小的东西,如果它们被光子打中,它们会被打得偏离轨道,运动的速度也会改变。

电子很轻,它抵抗不住光子的撞击,电子就从原来的位置被撞了出去。在观察的那一瞬间,电子便被震荡,运行速度发生变化，因此转眼间又不知那电子在哪儿了，这就是著名的"不确定性原理"（Uncertainty Principle）。这定理不允许我们同时测量电子的位置又测量其速度。不能同时知道这两样数据，我们就无法预言粒子的运行轨道，或者说它是否有一个确定的运行轨道也无法知道。

这个理论如此奇特并难以想象，教人困惑。它摧毁了经典世界的因果性，摧毁了客观性和实在性。从它面世起，近八十年来没有一天不受到来自各方面的质疑、指责、攻击。

我不知道这个量子力学中的经典理论和我们今天在社会生活中要谈论的不确定性有多少传承的血缘关系。抑或前者是曾祖，后者只是它的远房重孙，虽然有着割舍不断的亲缘关系，相貌上已经糅入了更多的异族之血？

如果就社会生活"不确定性"的字面含义来说，顾名思义就是这个世界有些乱套，以往的某些顺理成章的事情被颠覆，人们对自己的将来失去了把握，陷入迷茫和焦虑之中。我们会听到对一件事物比如房价的截然相反的假说，正方、反方的领军人物都赫赫有名，让我们洗耳恭听并待时间检验之后心生愤懑。某一方既然一而再、再而三地说不准，怎么还好意思在电视屏幕或报纸专栏中一如既往地口若悬河？然而腹诽或口诛之后，我们依然会守在那里等着他们继续夸夸其谈。我们既苛刻又宽容，因为面对着"不确定"的世界，越是陷入不可把握的泥潭，就越想知道他人面对"不确定"的确定看法。我们在怪圈中骑一匹跛脚的瞎马，头晕眼花依然沿着惯性旋转。再比如我们面对婚礼上的一对玉人，抛洒尽了人间的祝福，但起码有一半以上的来宾对他们能否白头偕老疑窦丛生。古语说"三岁看老"，人们都预言邻居家的孩子没有出息，因为他自小说谎并且好吃懒做、偷鸡摸狗，不想他在几年牢狱之灾后居然做起了买卖，如今也成了人五人六的"中产阶级"；而对门勤劳的大叔吃起了城市低保，过春节的时候眼巴巴地等着送温暖的社区干部带来一桶大豆油……

然而无论前途多么诡谲难测，祝福还是要发，期望还是要有。

因为我们还有救。即使在量子力学的理论当中，也要强调当样本数量变得非常非常大时，概率就有用武之地了。

还拿电子来说事吧。电视的后面有一把电子枪，不断地逐行把电子打到屏幕上形成画面。对单个电子来说，人们不知道它将出现在屏幕上的哪个点，只有概率而已。不过大量电子叠加在一起，就可以组成稳定的画面了。再如保险公司没法预测一个客户会在什么时候死去，但它对一个城市的总体死亡率是清楚的，所以保险公司经营得当一定赚钱。

那些关于人类美德的基石，就是我们社会生活的概率了。

还有时间的金色砝码，也是社会生活的概率了。"不确定性"指的是微观世界，越是瞬息万变的节奏，越是小的偶然性越不可预测。但量子力学的理论并不等于"放之四海而皆准"的真理，大的宏观世界就是一个概率的组合，存在着可以预测的规律，轨道就是秩序。一个奸商可以得逞于一时，却不可以牟利于久远，因为"不怕人比人，就怕货比货"。一个从牢狱大墙出来的人，不是不可能成功，但那一定是痛改前非的结果，而不是重蹈覆辙。时间本身就是甄别泥沙俱下的不确定性的最好的明矾，只是它还需要配合。

配合时间的是人们的耐心。不是一般的耐心，而是非凡的忍耐。就像电子在"布朗运动"之后排列出清晰的电视图案，这需要安静地等待。具体谈到房价是涨还是落这样的问题，怕是要先搞清要投资还是要自住。如果是投资，那就有风险，你就要独立做出对未来房价趋势走向的判断，然后为了这个判断去冒折戟沉沙的风险。不要把责任推给他人和量子，那虽然便捷却是变相的懦弱。如果一切都月朗风清、确定无误，也就消磨了机智和决断，也就荡平了投机和暴利。说到婚姻的长久与和美，只要你在这之前已经做了充分考察和准备，那就义无反顾、一往无前地走入"围城"。婚姻的双方本来就是家庭的毛坯，还需岁月长久的打磨，才能渐趋完美和谐。它的稳固和人性的完整程度呈密切的正相关，和量子力学倒是隔着万水千山。

　　人虽然是微小的生灵，但和没有知觉没有主观能动性的电子之类还是截然不同的。和它们相比，人毫无疑义是宏观的。人的目标是宏观的，人的努力是宏观的，人和人的集合体更是一个伟大的宏观。从人类的历史来看，不确定是暂时的，确定才是长久的。我不能确定我哪一天会死，但我可以确定活着的每一天都饶有兴趣地度过。我不能确定我的婚姻一定幸福，但我可以确定自己的诚恳和投入。我不能确定这篇关于不确定的小文是否有趣，但可以确定我已经用心用力。

对女机器人提问

在某届博展会上，展出了科学家新近制造出的女机器人。形象仿真、容貌美丽，并具有智慧（当然是人们事先教给她的），可以用柔和的嗓音，回答观众提出的各种问题。

在女机器人的耳朵里，装有可把观众所提问题记录下来的仪器。展览结束之后，经过统计，科学家惊奇地发现，男人所提的问题和女性大不同。

男人们问得最多的是——你会洗衣服吗？你会做饭吗？你会打扫房间吗？

女人们问的多是——你是怎样被制造出来的？你的目光能看多远？你的手有多大劲儿呢？

看到这则报告之后，我很有几分伤感。一个女人，即使是一个女机器人，也无法逃脱家务的桎梏。在人类的传统中，女性同家务紧密相连。一个家，是不可能躲开家务的。所以，讨论家务劳动，也就成了重要的话题。

家务活儿灰色而沉闷。这不仅表现在它的重复与烦琐，比如刷碗和拖地，日复一日年复一年味同嚼蜡，更因为它的缺乏创造性。你不可能把瓷盘刷出一个窟窿，也不能把水泥地拖出某种图案。凡是缺乏变化的工作，都令人枯燥难捱。

更糟糕的是，家务活动在人们的统计中，是一个黑洞。如果你活跃在办公室，你的劳动就进入了人们的视野，被重视和尊敬。但是你用同样的时间在做家务，你好像就是在休息和消遣，一片空白，什么也不曾留下。在我们的职业分类中，是没有"家庭主妇"这一栏的。倘若一个女性专职相夫教子，问她的孩子："你妈妈在家干什么呢？"他多半回答："我妈妈什么都不干，她就是在家待着。"丈夫回家，发现了某种疏漏，就会很不客气地说："我在外面忙得要死，你整天在家闲着，怎么连这么点儿小事都干不好呢！"

在人们的意识中，家务劳动是被故意忽视或者干脆就是被藐视的。它张开无言的长满黑齿的巨嘴，把一代代女人的青春年华吞噬，吐出的是厌倦和苍老。

于是，很多女人在这样的幽闭之下，发展出病态的洁癖。她们把房间打扫得水晶般洁净，不允许任何人扰乱这种静态的美丽。谁打破了她一手酿造的秩序，她就仇恨谁。她们把自己的家变成了雅致僵死的悬棺，即使是孩子和亲人，也不敢在这样的环境中伸展腰肢畅快呼吸。她们被家务劳动异化成一架机器，刻板地运转着，变成了无生气的殉葬品。

在外工作的女人们更处于两难境地。除了和男性一样承担着工作的艰辛以外，更有一份特别的家务，在每个疲惫的傍晚，顽强地等待着她们酸涩的手指。如果一个家不整洁，人们一定会笑话女主人欠勤勉，却全然不顾及她是否已为本职工作殚精竭虑。更奇怪的是，基本没有人责怪该家的男人未曾搞好后勤，所有的账独独算在女人头上。瞧，世界就是如此有失公允。

记得听过一句民谚——男人世上走，带着女人两只手。我觉得不公道。某人的个人卫生，当然应该由他自己负责，干吗要把担子卸到别人头上？为什么一个男人肮脏邋遢，人们要指责他背后的女人？如果一个女人衣冠不整，为什么就没人笑话她的丈夫？在提倡自由平等的今天，家务劳动方面，却是倾斜的天平。

更有一则洗衣粉的广告，令人不舒服。画面上一个焦虑的女人，抖着一件男衬衫说："我的那一位啊，最追求完美。要是衣领袖口有污渍，他会不高兴的……"愁苦中，飞来了××洗衣粉，于是，女人得了救兵，紧锁的眉头变了欢颜。结尾部分是洁白挺括的衬衫，套在男人身上，那男人微笑了，于是，皆大欢喜。

我很纳闷，那位西装笔挺的丈夫，为什么不自己洗衬衣呢？自己的事情自己做，这难道不是我们从幼儿园就该养成的美德吗？怎么长大了成家了，反倒成了让人服侍的贵人？我的本意不是说夫妻之间要分得那么清，连谁的衣服谁洗也要泾渭分明，但基本的权利和义务还是要有个说法。自己的衣服妻子帮着洗了，首要的是感激和温情，哪儿能因为自己把衣服穿得太脏洗不净，反倒埋怨劳动者？是否有点儿吹毛求疵？再者，你做不做完美主义者可以商榷，但不能把这个标准横加在别人头上，闹得人家帮了你，反倒受指责，这简直就是恩将仇报了。

近年来，在已婚女性当中，流行一种"蜂后症候群"。意思是，一个女人，既要负起繁育后代的责任，又要杰出而强大，成为整个蜂群的领导者，驰骋在天空。如果做不到，内心就会遗下深深的自责。

女性解放自己，首先要使自己活得轻松快乐。现代社会的发展使人们有越来越多的时间回到家庭，与亲人独处。一个家的舒适与否，很大程度上取决于家务劳动的质量和数量。作为这一工作的主要从业人员，妇女应该得到更大的尊重和理解。男性也需伸出自己有力的臂膀，分担家务，把自己的家园建设得更美好温馨。

打开你的坤包

有句外国谚语说："让我到你的房子里看一看，我就能说出你是个什么样的人。"

总觉得发明这话的洋人有点儿迂。对于女人来说，其实根本就不必到她的家，只要打开她的坤包瞧瞧，就知道她是个怎样的人了。

不信吗？让我们找块"实验田"，验证一下。

随意查看别人的物件，除了上飞机前的安全检查以外，都是侵犯人权的行当。看来作茧者必自缚。既然我发明了这则当代谚语，就先打开我的坤包看一看吧。

坤包，顾名思义，当为女士之包。但我的包不甚够格，因为它是一只石磨蓝的牛仔包，实为男女老少皆宜。之所以在各式各样的包群里选择了它，主要是因了它的结实。各式各样的包，都不如它禁拉又禁拽、禁打又禁踹。当然后半句夸张得有些邪乎，虽说挤公共汽车时经常是人已下了车门，包还嵌在车上人的腋窝下，需要使出拔河般的力气往外揪扯，但总还未到打与踹的地步。

第二个喜爱的原因是它的妥帖。岁月吸走了布匹的毛糙，泛出朵朵泪痕般的白环，显出暗淡的朴素。冬日里不会像真正的牛皮包咯咯作响，夏天里不会把钢轨似的带子勒进你汗湿的肩头。它永远宁静地倚靠在你的一侧，为你遮挡肋间的风寒。

第三点也许是最重要的原因，是便宜。不止一次，被精巧的羊皮手袋的价钱吓着，以后便更抱紧了自己的布包，想起它的种种好处，颇有相依为命的味道。

说了这许多皮毛上的事，现在让我们打开拉链。

包里最神秘的地方放着证件。没有证件就没法确定你到底是不是你。每次出门都要下意识地拍拍牛仔包的小口袋，摸到铁板似硬硬的一块，才敢放心地离开家。总奇怪外国女人是怎样瞒住自己的年龄不让陌生人知道的。在中国，无论你走到哪里，都要亮出你的证件才算坦坦荡荡。越是不认识的人，越要细细地看每一项。反正糊弄不过白纸黑字，我也就不在意面貌上是否显得年轻。

第二要紧的是钥匙。带着钥匙，就是带着家。钥匙对女人尤为重要，没有家的钥匙的女人是最孤苦的，钥匙太多的女人也不胜其烦。一个人独立的最显著标志，是有了一串属于自己的钥匙。每个职业女性的手袋都会在某个特定的角度叮当作响，那是家的钥匙和办公室的钥匙击出耀眼的火花。常常想，世上有无从不带钥匙的女人？那大概是一位女总统或一位女飞贼。

再然后包里的重要物件就是一支笔了。哦，是两支。因为我们的圆珠笔或签字笔质量都有些可疑，常会在你奋笔疾书时像得了多年的咳喘，憋得声嘶力竭。为防此等恶性事故，故像重大球赛一般，要预备替补。现今女士的夏装往往一个兜也没有，坤包就代替了衣兜，不可以须臾离开。

再其次就是电话簿。电话簿是一只储存朋友的魔盒，假如我遇到困难，就要向他们发出求救信号。一种畏惧孤独的潜意识，像冬眠的虫子蛰伏在心灵的旮旯。人生一世，消失的是岁月，收获的是朋友。虽然我有时会几天不同任何朋友联络，但我知道自己牢牢地黏附于友谊网络之中。电话簿就像七仙女下凡时的难香，留在身边，就储存了安宁。

当然还有女人专用的物品。一块手绢，几沓餐巾纸……至于女人常用的化妆盒，我是没有的。因为信奉素面朝天，所以就节约了那笔可观的开销。常常对自家先生说，你娶了我，真是节能型的。一辈子省下的胭脂钱，够打一个金元宝。北方冬春风沙大，嘴唇易干裂，就装备了一瓶护唇油，露水一般透明，抹在嘴上甜丝丝的，其实就是兑了水的甘油。一日黄尘像妖怪般卷地而来，口唇糙如砂纸。临进朋友的家门前，急掏出唇油涂抹一番，然后很润泽地走了进去。朋友注目我的下颌，我很得意，打算毫无保留地告诉她在哪儿可以买到护唇油。没想到她体贴地说："要不要喝点儿水？我知道你刚吃了油饼。"

几乎忘了最重要的内容，那就是坤包里要有钱。没有钱的女人寸步难行。但我是一个不能带很多钱的女人，钱一过百，紧张之色就溢于言表。不由得将包紧紧抱在胸前。先生讥之为："真正的偷儿断不屑偷你，一看就知道是个没大手面的人。"

包里常常装着昼伏夜出写成的文稿，奔走于各编辑部之间。少时读《钢铁是怎样炼成的》，念到保尔因邮寄手稿丢失痛不欲生之时，恨恨地发誓："他年我若为作家，稿子一定复写几份并尽可能地亲自送上。"牛仔包装了稿子的日子，是它最辉煌的时光。我把它平平展展地抱在胸前，好像几世单传的婴儿。包的长度和大张的稿纸恰好相仿，好似一只蓝木匣。公共汽车太拥挤的时候，我会把书包托举到头顶，好像凫水的人擎着怕湿的衣服。我喜欢洁净平滑的纹面，不乐意它皱得像被踩过的鞋垫。

一次，一位朋友说："你也该换一个坤包了。羊皮的。"

我说："太贵啦！"常常想，若用了那样的包，只怕所有的内容物都不值这坤包的钱。我本是个随意的人，却成了这包的奴隶。走到哪儿，先要操心这高贵的包装，岂不累心?

朋友说:"不要装得那样可怜。如今，坤包是女人的徽章。人们常从你用的包来评价你这个人。"

我说:"也不单单是从节俭的角度不愿买真皮精品坤包，因我包里常要装一样物品，恐那真皮包笑纳不了。"

朋友说:"让我猜猜那是什么。大吗?"

我说:"也不很大。"

她说:"需要小心轻放吗?"

我说:"差不多吧。"

她说:"很贵重啦?"

我说:"很平常的。"

她说:"还真猜不出那是个什么东西。快告诉我。"

我说:"是豆腐。作为家庭主妇，我常常要在包里装豆腐。"

她说:"哎呀，那还真是装不得。南豆腐那么多汤，就是套两层塑料袋，也会把真皮包考究的衬里打湿的。"

我说:"什么时候我家不吃豆腐了，我就去买精品包。"

艾滋之椅

旧金山佩奇街273号。禅宗临终关怀中心。一座宁静的建筑物，在居民区内。门口没有任何标志，只有高高的台阶，甚至连普通公共场合均有的残疾人坡道和盲道，这里也没有。我和安妮迟疑了半天。我们不能确定要拜访的专门和死亡打交道的这个中心是不是这里。想象中，该是一座独立的白色建筑，有葱茏的绿树和不败的鲜花。这里，没有。起码在外面看不到任何迹象，一如平凡的民宅。

进了门，在没见到任何人之前，就认定是这里了。是空气告诉我们的。空气中弥漫着奇异的香气，让人有微微的麻醉和眩晕之感，但心的悸动就在这种奇特的香氛当中，平缓到迟慢。

禅宗临终关怀中心的布莱德先生慢慢地走过来，接待我们。他说话的语调也是慢慢的，举手投足也是慢慢的。慢，是这里不变的节奏。单是这一点，就已让人足够惊奇。在现今的社会里，你还能找到一间不是因为拖沓而是有意识地缓慢办公的公司吗？在商业的交往中，你还听得到一个如泠泉般天然的女孩声音吗？越是发达的社会，那频率就越是不可思议地快，直到我们目不暇接得整体昏眩了。

相反，在这个一切都缓慢的房间内，我的精神异乎寻常地警醒了。

布莱德先生告诉我们，这家机构完全是慈善性质的，建立于1987年。这里有10位工作人员，还有150名义工。这个中心没有医生，也不用任何药物，它的主要工作，就是帮助人们安详地死去。

布莱德先生慢慢地说："死亡是需要学习的。临死的时候，很多人不知所措。没有人教授这种知识。当死亡到来的时候，人们一无所知。我们就是要帮助大家，当然，也是在帮助自己。只有懂得生命意义的人，才有勇气探讨死亡。只有对死亡有了更深入的了解，人才能更深刻地把握生命。死亡，其实就是一切事物的本质。"

这些话，有些玄了，倒是和这弥漫着奇异香氛的雅室相配。房间高大，布置得很有宗教气息，有一种空旷感。我说："这是什么香？"

布莱德先生说："这是从印度带来的藏香，能够安抚人的神经。"

我问："什么人才能住进这间中心来？"

布莱德先生说："谁都可以住进来，只要你提出申请。我们的工作人员会到申请者的家中去看望他，和他的家人谈话，以最后确定他是否可以来，什么时候来。因为这里是不做任何治疗的，只是接受如何面对死亡的训练。如果病人还有救治的希望，就不会接受他们到这里。"

我听得从内心向外沁冷，说："死亡的训练是怎样的呢？我很想知道。"

布莱德先生说："当给予适当的条件的时候，人们是很愿意讨论死亡的，特别是当死亡迫在眉睫的时候。刚来的人，大都比较紧张，对死亡不了解，不知道自己将怎样迈向死亡。我们让他接受冥想训练。其核心就是当生命的最后瞬间，只有你一个人，你将如何走向死亡。这真是一个很有效的训练。当反复训练终于完成之后，病人就不再害怕死亡了。我们把最后的时刻简称为'在床边'。因为死神是在床边领走我们。那种时候，往往是你一个人。当然，我们这里是 24 小时都有人值班，但我们不能保证你'在床边'的时候，旁边一定会有人。所以，每个人都要练习独自一个人'在床边'，在那种时刻，保持最后的平静。"

我说："经过训练，病人'在床边'的时候，都能保持平静吗？"

布莱德先生说："大部分病人都能做到平静。特别是入院时间较长的病人，基本上都是平静的。如果入院的时间太短，病人可能还未能完全训练好，有的人依然在惧怕中逝去。这和每个人的情况不同有关，有的病人有太多未了的心事，还未学会放下。死亡是一个过程，我们对它要有准备。其实，就是突如其来的死亡，比如飞机失事或是外伤等，如果不可避免，平静是最好的应对……"

正说到这里，一名女士悄悄地走进来，在布莱德先生耳边说了一句话，布莱德先生于是站起身来，说："不好意思，有一件急务，需要我出去一下，很对不起。请稍等。"

我们等了一会儿，又等了一会儿，布莱德先生还是没有回来。一位长得很秀丽的女士走进来说，布莱德先生还要等一会儿才能回来，你们不妨先到各处参观一下。

我和安妮蹑手蹑脚地在中心内部缓慢走动着。悄悄地推开一扇门，雪白的床单下有一个黑人男子，瘦到骇人的程度，用"骨瘦如柴"这样的形容词对他都是夸奖，简直就是几根紫铜丝拧成的轮廓，无声无息。如果不是他那大如鸭蛋的眼睛上的睫毛有微微的颤动，简直看不出有一点儿生命的迹象。

我们逃也似的离开了这间屋子。

"这是一个艾滋病人。这两天，他就要'在床边'了。"秀丽的女士说。

楼边有一座小小的花园，有一些绿色的植物，因为已是秋天，没有了想象中的葱绿，几片黄叶悄然落下，也是缓缓地，仿佛电影中的慢镜头。一把椅子，角度放得很巧妙，正好对着花园里最美丽的一角。我说："我可以坐在上面吗？"

　　秀丽的女士说："当然可以。我们这里经常住进艾滋病人，当他们还没有丧失最后的活动能力的时候，他们很愿意坐在这张椅子上看看风景。"

　　哦，原来这是一把艾滋之椅。

　　我坐在上面，椅子很舒适，风景也很好。我看着面前的树叶，心想，这几片叶子，也许曾给若干位艾滋病人带来过安抚和宁静。如今，它们还在秋阳下焕发着最后的绿色，但那些触抚过它们的视线，已然被土壤掩埋。泥土中的视线，一定还残留着丝丝绿色吧。

　　我请安妮给我照了一张相，在这把椅子上。

　　照完之后，我对安妮说："我也给你照一张吧。"

　　安妮说："毕老师，我不照。我的手脚现在都是冰凉的。一会儿从这家中心走出去，我要立即进一家咖啡店，用滚烫的水暖暖我的胸膛和大脑。"

　　我问秀丽的女士："这个中心自建立以来，一共有多少人从这里走向终极？"

　　秀丽的女士说，她来这里工作的时间并不很长，关于具体的数目，不是很清楚。但她可以告诉我们一个数字，自建立中心以来，截止到今天，这里一共在 1267 天中有人去世。一天里有时是一人，有时是多人。

正说着，布莱德先生回来了。他说："很抱歉，但是，没有办法。南希去世了，就在刚才。我到了她的床边，她很平静。"

我说："南希是谁？"

布莱德先生说："南希是我们这里的一个病人。患乳腺癌，人很年轻，只有 44 岁。她在这里住了四周，刚住进来的时候，人非常紧张，非常恐惧。经过训练，她变得很平静了。刚才离世的时候，十分安详。"

我们静默，脖颈处像卡着一块冰。想到就在我们方才漫步的时候，一条生命正向空中遁去，心中充满茫然。仿佛看见南希的灵魂正在这屋顶上，宁静地看着我们。

布莱德先生说："每当有病人去世，我们都会在他的床边，举行一个小小的告别仪式。现在，我马上就要到南希的床边去，我们只能就此结束了。"

秀丽的女士说，她的亲人就是在这里去世的。她喜欢这里舒缓的气氛，亲人去世后，她就要求到这里来工作了。这里的特点就是宁静，在现代社会，找到这样一个宁静的地方是不容易的。"这里的宁静，是很多人用心血营造出来的。"她最后说。

一个人怎样独立地走向死亡？所有走过的人，都不会告知我们有关的经验教训。"在床边"，是一个新鲜的课题。我觉得，人在容光焕发、精力充沛的时候，不妨花点儿时间琢磨琢磨这件事，真到了垂垂老矣、气息奄奄之时，考虑起来就太艰苦了。平常日子，脑子转的速度不必那样快，步子的频率不必那样高，声音的分贝不必那样强，睡眠的时间不必那样晚……

第三辑

为生命找到意义

为生命找到意义

　　古代人常常专注于最基本的生存需求，日常生活天然地具备了提供精彩意义的能力。人们的生活是如此接近土地，每个人都毫不怀疑自己是大自然的一部分。他们耕地、播种、收获、烹调，生养小孩子，然后生病和死亡，最后回归泥土。他们很自然地展望未来，觉得未来是如此清晰，那就是——吃饱饭，子子孙孙地繁衍，实现一轮又一轮的更迭，如同能够每日每年看到的大自然的循环。他们对日月星辰、山川河流这类庞然大物有强烈的归属感，他们深深明白自己是家庭和族群不可或缺的一部分。对以上这种基本存在，从来不曾有过问号。

　　是啊，有谁能对一个埋头苦干的农夫字斟句酌地问，你这样辛苦是为了什么呢？他一定头也不抬地继续干活。对他来说，家里的妻儿老小和他自己的口粮，就在这劳作中生发着，这难道还用得着问吗？

　　可是，今天，这些意义消失了。都市化、工业化，让生活中少了和大自然血肉相依的关联。我们看不到星空，我们每个人几乎都脱离了世界的基本生命链。你焊接电脑上的一块线路板，你在股票市场卖出买进，可这和意义有什么关联呢？

我们有太多的时间提出更多的问题，我们必须面对自由的无情拷问，可是我们失去了参照物。工作不再提供意义，一点儿创造力也没有，生养小孩也没有了意义。世界人口爆炸，也许不生养更有意义。

生命的意义是非常重要的心理架构，与每个人都有非常重要的关系。伟大的心理学家荣格说，我的病人大约有三分之一并不是罹患了任何临床可以定义的疾病，而只是因为生命没有意义，没有目标。

这个问题到了心理学家法兰克那里，有了升级版。他说，最少有百分之五十的来访者有这种问题——觉得生命没有意义。

萨特说过，人是一种徒劳无益的热情。我们的诞生毫无意义，死亡也没有意义。但萨特这样说完之后，在他自己的小说中又明确地肯定了意义的追求，包括在世界上寻找一个家、同志之谊、行动、自由、反对压迫、服务他人、启蒙、自我实现和参与。

在现在的情况下，为生命找到意义，就成了非常紧迫的任务。每个人要有一个自我的意义系统，包括行为准则：勇敢、高傲的反抗、友好的团结、爱、尘世的圣洁等。

幸福的颜料是平静

欧文女士高高的个子，高原湖泊一样蓝的眼珠，在新墨西哥州第一眼看到她的时候，就感到此人可亲近。这次到美国去，我有意识地在做一个小小试验，因为语言蹩脚，外语几乎起不到作用，我就尝试着用自己的直觉去感知一个人，辅以观察对方的形体语言，以判断他的内在情感。这样做好处成双。一是我觉得自己对人的把握更直截了当一些了，好像在片刻之中，就与他的精神内核有了一个碰撞。二是虽然我不懂他的语言，但我全神贯注地看着他，令对方感到自己受到尊重。

欧文女士是位美术家、工艺家，她主攻绘画，也制作蜡染之类的工艺品。她手工画出的丝绸头巾，在州立博物馆设有专柜出售。她大约五十岁，二十年前到过中国，在沈阳的一所大学教过英文。她对中国很有感情，每当我说"谢谢你拿出这么多宝贵的时间来陪我"，她就说："不客气，我这样做很快乐，也可以练习一下我的中文。"

如果我的中文说得慢些，她就可以听懂大部分，这使我们交流的速度变得快了很多。

欧文女士开一辆越野吉普车，这在山峦起伏的新墨西哥州有广泛的用处。她每天早晨开着这车到饭店接我们，然后带着我们在阳光下飞驰。记得有一天，她说："山上有一段路的树叶黄了，要不要去看看？"

我到远方去旅行的时候遵循着一个古老的原则，就是"客随主便"。这不但是一种礼貌，不会拂了主人的好意，更让我从中受益多多。你想啊，一个外地人，哪里知道此地什么东西好什么东西不好呢？就算有观光手册，终是隔靴搔痒。最好的风景，一定流传在当地人的口中。况且景色这东西和时辰、季节、气候的关系太大了，要看到最好的风光，一定要听从当地人的调遣。

于是我们的车出发了，在美国西部的荒原上开始了蜿蜒的旅行。在红土地上爬行了一段之后就进山了。山不高，山路的两侧和纵深地带都是笔直的杨树。我生在中国的白杨之城新疆伊犁，对杨树素有好感，也就特别观察过杨树，但我真的从未曾看到如此透亮的杨树叶，仿佛金箔剪裁而成，绝无一般黄叶的残破衰败之相，它们是朝气蓬勃、欣欣向荣、意气风发、神采奕奕的。看到这样的黄叶，你会为绿叶捏一把汗。如果绿叶没有制造氧气这样的功用为人类所喜欢，单从审美的角度来说，宁静而纯正的黄叶是无与伦比的，充满了让人清心寡欲的生机。

一天，欧文女士抛给我一个难题，说明天上午的活动让我在两项当中任意选择。一是到另类治疗中心看治疗师实施催眠术，一是到她家看她如何在丝绸上作画。如果我想学，她愿意教我。

真是"鱼和熊掌不可兼得"，而且谁是鱼，谁是熊掌？说到这里，我倒想对这句古语发表点意见。我总觉得把鱼和熊掌列在同一类里，似乎不妥。就算古时候的熊比现在多得多，古时候的鱼比现在难抓得多，它们的味道也还是不能比。

我很想看看外国当代的催眠术是怎样的。特别是欧文女士强调了"另类"，更是激起了我强烈的好奇心。还有一个重要的因素，我估计安妮也是对催眠术的兴趣更大一些。虽然她是非常中立地为我翻译了欧文女士的意见，但依我的直觉，我猜安妮可能更想看看催眠术是如何现场操作的。

至于绘画，我真是一窍不通。我在博物馆的专业柜台上看到了欧文女士的手绘丝巾，我很喜欢，觉得那里面有一种飘然的平缓，一种让人心绪浮动的细腻。我很想亲眼看到一位西方的艺术家是怎样在中国的丝绸上作画的。

我对安妮说："让我想5分钟。"

我想，催眠术，无论中国的还是外国的都差不多吧，此地可能更神秘、更现代或是更诡谲些？虽想象不出具体的情形，恐怕万变不离其宗。

丝绸绘画一定是静谧和柔软的，它充满了欧文女士个人化的特色，离开了新墨西哥州的圣塔非，就再也领略不到这份异国的精彩。

我突然明白了自己面临的选择，实际上是在很有限的时间里，我选择让自己的神经经历一次峰回路转的惊诧，还是温柔淡定的平静？

思绪一整理清楚，选择就浮出来了。我对安妮说："很对不起你了，我想谢绝那位另类的催眠术，而到欧文女士家观赏手绘丝巾。"

安妮很诚恳地说："毕老师，你不要考虑我的喜好。我完全尊重你的选择。"

谢谢你了，善解人意的安妮。

第二天早上，欧文女士驾驶着她的越野吉普车准时来到饭店。我们出了城，沿着山路走到一个孤立的山包上，在山顶处，有一栋敦实而现代的住宅。欧文女士说："到了，这就是我的家。"

欧文女士单身过很长时间，她一直在寻找自己的意中人，她走过很多地方，很多国家。她是一个很看重爱情、婚姻和家庭的人，她一直在寻找。后来找到了自己的丈夫，婚后他们非常幸福。欧文女士说："我很庆幸自己终于找到了他。而且非常奇怪，我在全世界找这个人，却没想到这个人就在我们这座小城里。结婚的时候，我对他说：'我有艺术，你有什么？'他说：'我有房子，可以把你的艺术放在里面……'"

听到这里，我说："我知道了，您的房子一定是充满了艺术的气息。"

欧文女士说："别的艺术我不敢说，但我敢说我的房子里充满了中国艺术的气息。"

在长满了沙生植物的山坡上，欧文女士的家像一座现代城堡。走进房门，室内笼罩在蛋清样清亮的微光中，原来采用的是日光照明，房顶上有高科技的天窗，据说即使在阴天的日子里室内也有柔光。再往里走，就有浓郁的东方味道飘荡过来。在客厅墙上，悬挂着中国的服装。在展示文物的橱柜中，可以看到芦笙、京胡、绣片、漆盘……欧文女士笑吟吟地介绍说："京胡是好的，可以拉得响。芦笙只能看，不能吹奏了，因为买的时候就是坏的了。我想挑一个好的芦笙，但是老板告诉我，这是最后一个芦笙了……"

墙上还挂着一幅巨大的丙烯画，红艳喷薄欲出。第一眼看过去，以为是把夕阳切下了一个角，仔细看才能分辨出那是鲜红欲滴的玫瑰花。我说："我要在这朵巨大的玫瑰前面照张相，它会给我带来好运气。"

欧文女士有两间画室，她领着我们来到其中一间好似作坊的工作室里，说："我平时画头巾就在这里，一般是不许外人参观的啊。"

欧文女士的手绘丝织头巾在博物馆的专柜里卖到 80 美元一条，其中丝巾的成本只占很少的一部分，最主要的价值来自欧文女士的知识产权。她请我们来到她的工作间，真是莫大的信任，我们表示深深的感谢。

欧文女士拿出两条纯白的丝巾。一条是大而正方的，一条是小而长方的。欧文女士说，大的头巾让我做试验品，小的头巾是她的教具。

"时间不多了，咱们就开始吧。"欧文女士说。

我说："好吧，师父。"

大家就都笑起来。

欧文女士打开她的颜料柜，我的天！这么多瓶瓶罐罐，可能有几百个吧。

欧文女士抚摸着这些瓶瓶罐罐，如同骑士抚摸着他的战马和剑。她说："要在丝绸上作画，首先是颜料。我摸索了许久才找到这种法国出产的牌子，它的色泽在丝绸上的表现力是最好的。稀释颜料的时候要加冰醋酸，依我的经验，用一定温度的热水效果是最佳的，但是配置多种染料的时候，热水也是一个问题。我开始是用开水晾凉，但这温度不好掌握，要不停地用温度计查看。后来呀，我想出了一个法子，就可以得到温度非常适宜的热水了。你们猜，什么法子？"

我和安妮都摇头，想不出除了用水壶烧水和从暖水瓶或是饮水机扭开龙头向外放水以外，还有什么法子。

欧文女士得意地指着一台外壳染得像个花脸似的微波炉说："我就是用它得到适宜的热水。我有一些固定的容器，把冷水注入一定的水位，然后在微波炉里加热一定的时间，就可以得到适宜温度的热水，方便得很。有时候，我的染料温度不够，我也把它们放到这里来加温。"

我看着色彩斑斓的微波炉说："您这个技术革新，我一定要记下来。"

欧文女士说："这个微波炉是我独身时置下的，跟随我很多年了，除了热颜料，当然也热饭，我觉得这很正常啊。结婚以后，我先生说，他不能接受在这个微波炉里热出的饭，吃到肚子里会痛的。我们就又新买了一个微波炉，我的这个炉子就专门为染料服务了。"

欧文女士用木梁制作了类似绣花绷子的架子，把丝绸头巾固定在上面，如同平整的鼓面。之后她拿出画笔，又一次让我惊叹不已。那些笔呀，全是正宗的上等中国货，古色古香，粗细兼备。

她接着传授与我："在头巾上作画一定要用曲线，头巾是女性的珍爱，曲线最能表达女性的优美。和中国画写意中的大片留白不同，丝巾上是不可留白的。要用艳丽的色泽把整个丝巾涂得满满的，最美妙的是各种色泽相接的地方，由于丝绸的特性和染料的作用，会在颜色交叉处产生浸润和覆盖，那是很神奇的，会有意料不到的效果出现，有一点像烧瓷器时的'窑变'。当然，交叉之处浸染的规律也很多哦，要反复练习和摸索才能掌握。"

"丝绸围巾画好之后，就要放到锅里去蒸。"欧文女士说。

我问："为什么要蒸？"

欧文女士说："为的是不掉颜色。丝绸围巾容易掉色，是一个很难解决的问题。特别是手绘的头巾，有的质量不过关，新的时候看着挺漂亮的，脏了一洗，不得了，颜色淅了，一塌糊涂。不知你们注意到了没有，几乎所有想买丝绸手绘头巾的人都要问一句：'会不会掉颜色啊？'我也是研究摸索了好久，才找出了这套方法。"欧文女士说着，拿出一个巨大的蒸锅。我好不容易才忍住自己的惊奇，因为想起早年间坐长途汽车，路边的小饭馆从这种蒸锅里拿出来的包子足够全车人吃的。

"这可是我的专利啊。"欧文女士说着，把丝巾和一种特殊的纸包裹在一起，然后紧紧地卷起来，一层压着一层，折叠之后约有手掌大小，再用干净的白布裹好，摆在笼屉里。

"蒸的时间要足够长，但是火可不能大。而且，你们看我的蒸锅和街上买来的蒸锅有什么不同呢？"

我看了半天，看不出有什么不同，只好摇头。

欧文女士说："我的锅盖是后配的啊，它是没有孔的。因为蒸丝巾有一个非常关键的点是不可漏气。所以，从街上买来的现成的蒸锅，是不能用的。蒸锅本来的用途是蒸包子的，为了让包子膨胀起来，要有蒸汽喷出的孔道。但是，蒸丝巾就完全不同了。不能让水汽跑了，要让它们在锅内旋转，带着颜色渗透到蚕丝里面去。锅屉一定要用竹屉，是什么原因我不知道，但是只有竹屉蒸出来的丝巾最好。锅内不可用任何金属的器物，翻动丝巾也不可用金属，可以用木制或是竹制品。锅内的水万不可太深，如果水深了，在蒸煮的过程中水浸到了丝巾，那就对不起，前功尽弃了。为了让锅盖完全不漏气，最好用锡箔把盖子包起来，那就万无一失了。水也不可太少，如果蒸干了，整整一锅丝巾就全报废了。蒸好的丝巾要用上好的洗发香波洗一遍，注意啊，一定要用冷水，要是用了热水，对丝巾的颜色也会有影响。"

"洗好之后，就是晾晒了。千万不要到太阳下面晒，但也不可在潮湿的地方慢慢阴干。要在有太阳的天气里，在太阳的阴影中将丝巾快速晾干。然后喷上熨衣浆，要喷在丝巾图案的背面，不可喷在正面。喷好熨衣浆之后，把丝巾折叠起来，稍等片刻，然后把它们熨好……"

我看欧文女士讲解得这般细致，不要说实地操作一遍，单是这样听下来都觉得辛苦，待她讲到这里，插嘴道："熨好之后，可就大功告成了。"

欧文女士笑眯眯地看着我说："没告成，还有点睛之笔呢！"

她说着拿出一瓶金色的染料："我喜欢用金色签上我的名字。因为我所绘出的每一条头巾都是我的一次创造。我从来没有重复过自己的作品。有的时候，绘出一条特别美丽的头巾，我会舍不得把它拿到博物馆的专柜出卖。我就把它留在自己的身边，但这样保留下去，自己身边的丝巾越来越多，也不是个办法啊。时间长了，我就会把一些原来准备保留的丝巾送到博物馆去。送去之后，我心里又非常惦念它们，经常到专柜去看望我的那些丝巾。甚至，我很希望我的这些丝巾卖不出去，那样我就可以再把它们名正言顺地收回来，保存在自己的身边。但是，很遗憾，我最喜欢的那些丝巾都以最快的速度被人挑选走了。我在伤感的同时也有满足和快乐，因为我知道了自己所喜欢的东西也是大多数人所喜欢的。能给我带来快乐和美感的东西，也给别人带来了快乐和美感。"

我听得入神，心中真羡慕欧文女士对丝巾的这种感情，好像它们是她孵出的一群鸡雏。

欧文女士讲了半天，一看表，说："时间不早了，我们马上进入正题，你今天在这里亲手画一幅丝巾吧。"

她领我到画室配好颜料，然后帮我把丝巾绷在架子上，微笑着说："你可以开始了。"

我不知道怎样开始，突然惊慌起来，比我当年做卫生员第一次给病人打针时还紧张。怎么把针头戳进皮肤好歹还在白萝卜上练过，可这么大的一块雪亮丝绸，一笔下去就不可更改了，心中忐忑。

欧文女士用毛笔饱蘸了天蓝色的染料，在为我做示范的小丝巾上涂上了深浅不一的条块。一边画，一边对我说："蓝色是最丰富的色彩之一，特别是在丝绸上表现的时候，同样的一条蓝色，上沿多用些水，下沿多用些染料，就会出现立体的变幻效果。"

我颤颤巍巍地抓了笔，也蘸上了蓝色的染料，还是想不出画些什么。可能是蓝色刺激了我的想象，或者是我的想象实在贫乏，我用蘸着蓝色染料的毛笔在白丝绸上写下了一个大字——天……

欧文女士惊奇地看着我，可能因为汉字的象形性质，她一开始并没有意识到我是在写一个字，以为我是在画几缕高天流云，待看明白我是写下了一个"天"字的时候，她很欣赏地笑起来，说："很有特点，你接着画吧。"

我却更为难了。蓝色已被写了"天"字，之后，再画或者说再写什么字呢？

欧文女士问我："你还需要什么颜色？"

这时，一个想法蹦出脑海。我很坚决地说："我要赭红色。"

欧文女士拿出一个颜料瓶。我端到齐眉处，对着阳光看看，说："不是这个颜色，这个太偏向咖啡色了，我要更红一些的。"

我看安妮向欧文翻译这些话的时候，一副不知我的葫芦里卖什么药的神情。我也不解释，看了欧文向我推荐的第二种颜色，依然说："不是。我要的不是这种颜色。"

后来，干脆是我自己动手，在欧文众多的颜料瓶里挑出一种色彩。

欧文看了，提示我说："一般人通常是不喜欢棕色和咖啡色的。"

我说："师父，谢谢你告诉我，但是，这幅画我想还是要用这种颜色。"

颜色调出来了，我用笔尖蘸了色，在雪白的丝绸上用赭红色写下了"印第安"三个大字，这些字写得像搭建起来的小房子。

原来，就在前一天，我们到了印第安人的保留地参观。古老的部落，残败的建筑（那不能叫建筑，只能说是用红土夯建的小屋）衬托在蔚蓝色的天幕下，给我留下了非常深刻的哀伤之感。

印第安人没有文字，于是他们的历史湮灭在荒原之上，遗留下来的就只有这近似废墟的崖壁。我想用一种东方古老的文字寄托自己苍凉无尽的追念。

欧文女士看着我的画，说："你画得不错。你把这幅画留给我，我来把最后的工序完成。"

这个上午过得非常充实。临走的时候，我问欧文女士："你已经完成了多少幅手绘的丝巾？"

欧文女士说："我没有特别精确的数字。手工创作不会件件都是成品，有一些不满意的，我就把它们销毁了。大致算下来，我绘出了70000条丝巾。"

我"啊"了一声，说："那么多啊！"

欧文女士说："是啊，我说的是卖出去的数字。我一想到在世界的各个角落，有70000名妇女系着我手绘的丝巾装点着她们的生活，我就非常兴奋。"

我说："欧文女士，你可以用一句话概括你手绘丝巾的风格吗？"

欧文女士稍微思索了一下，说："我用的颜料是平静。我把我的平静融化到我的颜料中，然后把它们浸透到遥远的中国制造的丝绸中，我把平静和丝绸结合起来。"

临走的时候，欧文女士附在我的耳边说："丝巾的四个角，你一定要用鲜艳的颜料填满，因为它们会飘扬在女士的脖子上，非常重要。再有一个小秘密，你一定要记住。在你的手绘丝巾的最后一道工序没有完成之前，你千万不要给任何一个外人看，就是你最好的朋友你也不要给她看。没有完成的丝巾是不美丽的。如果你对自己的丝巾不满意，觉得它没有惊人的美丽，你就把它销毁，不要拿出来。记住，一定要把丝巾熨得平平整整，在它光彩四溢的时候，再把它拿出来。"

谁可以破门而入？我们！

　　圣塔非是一座高原城市，新墨西哥州的首府。在我未到圣塔非之前，每一个听说我要去那里的人都说，唔，好美的地方。有人甚至说，这是美国最美丽的小城。

　　下了飞机，圣塔非给我的第一眼印象是大失所望。这就是最美吗？四周都是光秃秃的红褐色山峦，稀疏的植被像卡通人可笑的头发。银亮的日光肆无忌惮地辐射着大地，蛮荒和寂静从干燥的大地反射到空气中，弥漫四野。

　　陪同安妮说，你是不是觉得美极了？

　　我说，你去过中国的西部吗？比如陕甘宁青新？那里像这样的景色随处可见。荒凉空旷原始古朴。

　　几天之后，我要纠正自己的看法了。中国的确有很多同圣塔非的外部景色相同的地方，但是，一旦走进了圣塔非特有的红色建筑内部，就发现了显著的差异。

　　走访圣塔非危机应答中心。

一座小小的二层楼。圣塔非的建筑都不高，但这座二层楼还是显得有些局促狭窄。进得门来，几位工作人员用如花的笑脸迎接我们。

我早就发现，从事心理危机干预的人，一般都面目慈善。不知道当初是因为他们面善，所以被挑选来了做这份工作，还是这份工作做着做着，就把人的脸塑成了这种模样。

我先就"危机"的定义请教他们。

没想到他们全都笑起来，说，这个问题没法回答你。不单是不能回答你，我们也不能回答所有问询我们的人。

我大奇怪，说，若是不弄清什么是"危机"，你们应答的标准是什么？

他们说，我们是特地保留着对"危机"的开放性理解。每个人对危机的感受是不一样的，一个老年人或是一个孩童或是一个成年人，还有男性和女性，对危机的判断和承受力都是不同的。没有统一的标准。成人的失恋、破产可能构成危机，但小孩子被父母训斥也会构成危机。我们不希望有人在拨打我们的应答电话的时候，在想：我这个情况是危机吗？我们希望只要你觉得需要帮助，就拨打我们的电话。只要你知道这里有一扇门，你来敲门，就足够了。你可以放开地讲出你人生中的真实，从脚趾到大脑，都可以讲。

真是一个聪明而富有人情味的解释。一个模糊的概念，在它松软庞大的袈裟下，危机中的心灵可以得到舒缓和救援。

他们接着向我介绍工作。

圣塔非危机应答中心成立于1996年。共有3条热线，有9名常驻的工作人员，都是硕士以上的学历。自成立以来，一共接答了20000多次电话。其辐射的范围主要是圣塔非市和新墨西哥州，也有200多个电话是来自其他的州。

主要是电话值班，每天早上8点至下午5点，是两个人。5点之后，到第二天，是一个人值班。危机应答中心的电话号码，每天都刊登在《新墨西哥人》报纸上。平均每周会接听到125个电话。如果值班人员判断来电者正处于有生命危险的危机当中，会一个人继续接听电话，另外一个人马上出动到家中干预。每周大约有10至12次。

我们的外出小组，配备一名警察，一名精神科医生，一名护士，一位社会工作者。我们的车子很好，有必要的设备，比如云梯。当发现来电话者的情况危急，有生命危险，就需要破门而入。谁可以破门而入？我们。我们可以不经司法程序就进入民宅。因为此刻时间就是生命。特别是很多呼救的人是在酗酒的状态里，医生护士的治疗让他们镇定下来，是非常重要的事情。

我们的义工都是分文不取的。向社会征集志愿者，年龄跨度从20岁到70岁，各个阶段的人都有。特别是要保持总名额 3% 以上的老年义工（要求年龄在 60 岁以上），因为老年人发生危机的比例越来越高了，他们在电话里听到一个和自己一样苍老的声音，在现场，看到一个和自己年龄相仿的人，会比较容易沟通。

当然，还有性别也是非常重要的。义工中，男女比例各一半。还有族别。新墨西哥州有很多西班牙人的后裔，所以我们的义工当中一定要有会讲西班牙语的人。义工工作 2～3 年以后就会轮换，这个工作对人的心力和体力的耗竭都是很大的。

我们的义工是向社会公开招募的，要求很高。义工要经过 40 个小时的培训。义工的主要来源是大学社会学科的学生，报名的人很踊跃。爱心当然是最主要的，还有一个重要原因，是有很优厚的学术回报。在我们这里服务，可以得到 36 个学分，相当于将获得社会学和咨询学硕士学位总学分的三分之一。这对学生是很宝贵的。在这里服务获得了良好的评价，对今后的发展是很有帮助的。

当然，电话不可能解决所有的问题，就是到达现场破门而入的抢救，也不可能彻底解决问题。危机是一个连续的过程，我们一旦介入，就不会中途放弃。我们建有档案，会把他的情况介绍到社区，以便进一步的追访。我们还有一个强大的资源库，包括精神科、法律、医学、性病方面的专家，甚至还有住房方面的专业人士……

我忍不住问道，别的专家我能理解，可是为什么要有住房方面的专家呢？

工作人员解释说，一般当危机发生的时候，来电话者通常都是锁在自己的房间里。房子的历史和结构是各式各样的，怎样才能在最安全的情况下进入房间，又不会对危机中的人造成伤害，这些当然要请教专家了。

我听得频频点头。最后我说，我看到了你们充满爱心和高度责任感的工作，看到了你们显著的成绩。我还想请教一个问题，你们如何应对沉重的压力。我猜想，你们一定对电话铃声有着特别的敏感，长此以往，会不会造成心力的枯竭？

工作人员意味深长地交换着眼色。男士说，您说得很对，当然会了。我们的经费来自圣塔非医疗辅助计划拨款，除了义工完全没有收入以外，我们固定工作人员的收入也很低。我如果改行去做别的工作，收入起码会翻上一倍。支撑我做这个工作的动力是——我喜欢在别人最需要的时刻，出现在他的面前。世界上能提供给人这样机会的工作，是很有限的。我感到能为任何人服务，是我的快乐。当然，就算是有这样坚定的信念，我也无法完全战胜自己的疲倦。我们工作人员彼此之间有一个约定，也可以说是一个控制系统。我们密切地观察着自己和周围人的反应。我告诉你一个察觉人是否枯竭的小指标，很灵验的。如果一个原本幽默的人，突然不幽默了，你可要高度警惕了。如果你心中一旦出现不愿接听电话的念头，听到电话铃声就烦就害怕，那就应该立刻停止工作，开始休息了。这不单是对危机来电者的负责，也是对你自己身心的负责。

正说着，久未开口的女工作人员拿来了一套精美的照片。她笑着说，喔，前一段，我就出现了山姆刚才说过的那种情况，我不会笑了，也不会幽默了。他们立即要我休养。我就和母亲一起到非洲去了，那里的旷野和自由自在的野生动物，还有空气和阳光，让我的身心有了极好的放松。你看，这就是我在南非拍下的照片。我看到了狮子和长颈鹿，还有羚羊，在一望无际的高原上，肆无忌惮地晒着太阳。

现在，我又像一颗饱满的种子，每天都蓬蓬勃勃的。我不再害怕听到电话铃声了，我知道那是一个人伸出他求救的手。我会把我的手伸过去，无论他在水里还是在火里。她说。

告别的时候，圣塔非危机应答中心送给我一个小玩具，是一只可爱的布制小白熊。在小白熊紫色的背心上，醒目地印着中心的电话号码。

留个纪念吧。再有，希望你能把我们这里的电话——6333让更多的人知道和记住。也许有一天，我们会接到来自遥远的中国的电话呢！工作人员送我到门口，幽默地说。

　　我和安妮挥手告别。在返回的车上，我突然发现，这只美丽的小白熊是中国制造的。我想，何时，我们除了能制造这种背着电话号码的小白熊，也能建起自己的危机应答中心？

失却四肢的泳者

一位外国女孩给我讲了这样一个故事。

举办残障人运动会，报名的时候，来了一个失却双腿的人，说，我要参加游泳比赛。登记小姐很小心地询问，您在水里将怎样游呢？失却双腿的人说，我会用双手游泳。

又来了一个失却双臂的人，也要报名参加游泳比赛。小姐问，您将如何游呢？失却双臂的人说，我会用双脚游泳。

小姐刚给他们登记完，又来了一个既没有双腿也没有双臂，也就是说，整个失却四肢的人，也要报名参加游泳比赛。小姐竭力保持镇静，小声问，您将怎样游泳？那人笑嘻嘻地答道：我将用耳朵游泳。

他失却四肢的躯体好似圆滚滚的梭。由于长久的努力，他的耳朵硕大而强健，能十分灵活地扑动向前。下水试游，如同一枚鱼雷出舱，速度比常人还快。于是，知道底细的人们暗暗传说，一个伟大的世界纪录即将诞生。

正式比赛那天，人山人海。当失却四肢的人出现在跳台上的时候，简直山呼海啸。发令枪响了，运动员扑通扑通入水。一道道白箭推进，浪花迸溅，竟令人一时看不清英雄的所在。比赛的结果出来了，冠军是失却双臂的人，亚军是失却双腿的人，季军是……

英雄呢？没有人看到英雄在哪里，起码是在终点线的附近找不着英雄独特的身姿。真奇怪，大家分明看到失却四肢的游泳者跳进水里了啊！

于是更多的人开始寻找，终于在起点附近摸到了英雄。他沉入水底，已经淹死了。在他的头上，戴着一顶鲜艳的游泳帽，遮住了耳朵。那是根据泳场规则，在比赛前由一位美丽的姑娘给他戴上的。

我曾把这故事讲给旁人听。听完之后的反应，形形色色。

有人说，那是一个阴谋。可能是哪个想夺冠军的人出的损招，扼杀别人才能保住自己。

有人说，那个来送泳帽的人，如果不是一个漂亮的女孩子就好了，泳者就不会神魂颠倒。就算全世界的人都忘记了他的耳朵的功能，他也会保持清醒，拒绝戴那顶美丽却杀人的帽子。

有人说，既然没了手和脚，就该安守本分，游什么泳呢？要知道水火无情，孤注一掷的时候，风险随时会将你吞没。

有人说，为什么要有这么个混账的规则，游泳帽有什么作用？各行各业都有这种教条的规矩，不知害了多少人才，种种陋习何时才会终结？

我把这些议论告诉女孩。她说，干吗都是负面？这是一个笑话啊，虽然有一点儿深沉。当我们完整的时候，奋斗比较容易。当我们没有手的时候，我们可以用脚奋斗。当我们没有脚的时候，我们可以用手奋斗。当我们手和脚都没有的时候，我们可以用耳朵奋斗。

但是，即使在这时，我们依然有失败甚至完全毁灭的可能。很多英雄，在战胜了常人难以想象的艰难困苦后并没有得到最后的成功。

凶手正是自己的耳朵——你最值得骄傲的本领。

深圳女牙人

起因是我在那家五星级的酒店里不好好走路，东张西望，看了那扇紧闭的小门一眼。

就在我张望的那一瞬，小门突然开了，我看见许多如花似玉的女孩端端正正地坐在里面，全神贯注地听一位女士讲着什么。

在特区，美丽的女孩不算稀奇，好像全中国的美女都集中到这里了，她们要以自己的青春、美貌、智慧和胆略换取更高的地位与更多的金钱。除了那些使用不正当手段的，一般来说，我很钦佩她们，她们脸上的神情打动了我。小门后面是一间宽敞豪华的多功能厅，排着桌椅，好像临时布置的课堂，不知在传授着什么诀窍，她们沉迷得如醉如痴。

恰在此时，那位主讲的女士回了一下头，我清晰完整地看到了她的形象。她穿一身"梦特娇"的黑丝裙，泛着华贵高雅的光华。但是，她长得好丑啊！两只距离很远的鼓眼睛，架着烧饼一般厚重的大眼镜，很像一个先天愚型的脸庞。特别是她的牙齿，猛烈地向前凸，好像随时要拱什么东西吃，人们俗称这种人为：龅牙齿。

但是，有一种威严像光环一样笼罩在她的周身，使课堂上所有的靓丽女子都屏气凝神地听她讲课。她叫起一个非常娇美的女孩，说："你讲讲，听了我的课，你以后打算每月挣多少钱？"

那个女孩很有魄力地说："我以前在政府当文员，每月薪水 1500 元。我既然干了这一行，起码收入要翻一番，每月3000 元，我想差不多。"

龅牙女士问："大家觉得怎样？"女孩们窃笑着，表示赞同。

龅牙女士一字一句地说："假如你们有一天挣到刚才说的那个数，就是每月 3000 元，我对你们有一个要求，就是无论走到哪里，无论什么人问起，你们都不要说是我的学生。这太丢人了！你们每个月最少要计划挣到 1 万元。"

全场大骇。

就在这一刻，我萌发了采访龅牙女士的愿望。

她是一位专做金融期货的交易所经纪人，是资深的行家里手。

经纪人是一个陌生的名称，是在商品交换中专门从事介绍交易，以获取佣金的中间人。古称"牙人"，专门为买方和卖方牵线搭桥。在欧美等经济发达国家，经纪人行业极为发达。随着我国改革开放事业的发展，新的经纪人也从东方古老的地平线升起来了。

龅牙女士要同世界上几个大的交易所同步工作，由于时差，每天都干到夜里2点，上午还要分析路透社的电讯，我们只有利用共进午餐的时间交谈。

奢华典雅的西餐厅，枝形吊灯像一树金苹果，在我们头顶闪耀。

我特地带了几百块钱预备做东，心里忐忑着，不知这位腰缠万贯的富豪小姐会不会消费超出我的预算！没想到，她玉手一挥说："今天我做东。"

我说："那怎么好意思？已经浪费了您的时间，再要您破费，不是太说不过去了？"她说："不要争了，我喜欢做东，喜欢最后一招手叫小姐埋单的豪迈。我要谢谢你给了我这样一个机会。"说罢，她详细地问了我的喜好，为我点了法国蜗牛、水鱼汤、甜点和一客叫"雪山火焰"的冰激凌，而她自己只要了一份行政午餐。

面对这样的小姐，你还能说什么？我只有精心地用钳子去夹蜗牛。见她的脸色不大好，我关切地问她："是不是病了？"

不想这一句，她的脸色空前地红润起来。"昨天晚上累的呀!"她说,"日本细川内阁总理辞职,引起美元对日元汇率比价的大动荡。昨天晚上我不断地下单子,所有的单子都在赚。一夜间,我为我的客户赚了15万美元,所以现在神经还松弛不下来。"

我瞠目结舌。"那您也能得不少报酬吧?"我问。

"没有。一分都没有。"龅牙女士平静地回答我,"除了应有的佣金,无论我们为客户赚了多少钱,我们都拒绝接受额外的报答。"

"为什么?您毕竟是用自己高超的智慧为他赚了大钱啊!出于人之常情,也该这么办事的。"我说。

"我们是在用客户的钱做生意,事先已经说好了固定的佣金,其余赚了的钱自然都是客户的。我们每一笔账目都是有据可查的,不能多拿一分。这是我们这一行的职业道德。"龅牙女士很仔细地吃她的蛋炒饭,以同样的仔细回答我的问题。

我说:"既然你们为客户赚不赚拿的佣金都是一定的,那你们会不会不认真做呢?"

她说:"不会。干这一行需要很强的责任心,如果你不认真,老给你的客户赔钱,他就不让你做了,你的坏声名就传出去了。你就是想做,也做不下去了。我们也像老字号一样,有自己的声誉。比如我,客户就多得很,遍布全国。一般的小客户我是不接的。"龅牙女士颇为自豪地说。

我频频点头，突然出其不意地问："您现在当然是门庭若市了啊，可是从前呢？您初出市的时候，人们也这么抢您吗？"

　　她陷入了沉思……我替那时的她发愁。

　　"是啊。我这个人别的本事不敢说有多少，但绝对有勇气。我翻电话簿子专找那些有名的大公司，指名点姓地要见总经理。我说：'我给你们送来了一个绝好的发财机会，就看你们能不能抓住。'"

　　"结果呢？"我替她捏了一把汗。

　　"结果是我打了 400 个电话，只有一个总裁愿意当面听我说说关于期货的投资问题。"

　　"后来呢？"我简直有点儿紧张了。因为我知道女人给人的第一面感官印象是多么重要，龅牙女士这么不扬的外貌，纵使她再踌躇满志，只怕人家一见了她的面孔，也要三思而行。更不消说大公司里簇拥着花团锦绣的小姐，让她们一陪衬，龅牙女士非无地自容不可。

　　我试探着说："全国最美的佳丽云集特区，您在工作中有无感到压力？"

　　她优雅地笑了，暴起的牙略略收敛了一些。"你是说我长得有些困难，是不是？"她一针见血地说。

　　我也索性开门见山："是啊，心灵美自然是很宝贵的，但外貌美在初次打交道里，也非常重要。特别是在特区，特别是对女人。"我有些残酷地指出这一点,且看她如何作答。

她爽朗地大笑,全然不顾"女人笑不露齿"的古训,况且她的牙始终不屈不挠地暴凸在外面,就是想掩藏也是徒劳。笑罢,她很严肃地说:"你说错了。特区以貌取人不假,但那是指的衣着之貌,而非相貌之貌。我长得这个样子,不但未使我的工作受挫,反倒帮了我的大忙。"

看我不解,她接着说:"第一,假如你在特区看到一个非常美丽的女子,同你探讨投资的事,你的第一个念头肯定是,她没准儿是个骗子。老板可能乐意同她搭讪、跳舞或喝咖啡,但绝对不放心把钱交到她手里。我出马的时候,就免了这样一层猜度。第二,假如哪个漂亮的女人做成了什么事业,人们首先怀疑她是否利用了自己的美色,而对她的真才实学持考察态度。她在无形中先失去了人们的信任,而我则得天独厚。第三,中国人很相信老祖宗留下来的话,人人都会说:'人不可貌相,海水不可斗量。'一般人看到我这样一个貌丑的女人,竟敢气宇轩昂地走进写字楼,几乎不容置疑地判定我有超人的技艺,对我另眼看待。第四,我要见到总经理、总裁这一类的角色,免不了要同秘书小姐打交道。特区的秘书小姐往往是多功能的,这我不说你也知道。她们对来访的女宾警惕性格外高,尤其是靓女,但是,她们对我天生不设防,甚至还怀着淡淡的怜悯,这为我的工作提供了不少方便。

我在心里暗暗地对她们说：'其实你们不过是老板的雇员，而我则是他的伙伴——投资顾问。我的价值要高得多。'第五，免去了许多人的想入非非。这一点我不解释，你可以明白的，因此，我得以潜心研究期货操作的理论与实践。我对这一行充满了热爱与投入……"

面对她钢铁一样的谈话逻辑，我心悦诚服。

面对这样一个既很丑也不温柔的龅牙女子，你会觉得她的灵魂高贵而倔强。

我说："你也是一种女人的典范呢。"

她矜持地微笑说："你不要夸我，我正准备教那些新来的女孩学坏。"

我骇了一跳。我已知道那些女孩是期货代理公司新招聘的经纪人，经过刻苦的学习，就要开始正式工作了。龅牙女士说："你不要惊奇，我主要是教会她们享受。她们必须买名牌的西装，以保持永远仪表高雅。必须每天都用名贵化妆品，以使自己的面部看起来容光焕发。出门必须打的，绝不能去挤公共大巴。她们必须学会进高档歌舞厅，借剧烈的体力运动宣泄掉白日脑力工作的紧张。她们必须吃正规的中餐或西餐，绝不允许在大排档上凑合吃一碗云吞或摊个煎饼……"

我说："想不到，你还这样事无巨细地关心女经纪人的健康。"

她冷冷地说："我不是关心她们的健康，我是关心她们的饭碗。"

我还不觉悟，说："是怕大排档不干净，吃坏了她们的肚子？"

她说："是怕她们的客户看到她们狼狈不堪地从公交车上走下来，满头满脸的汗，吃着肮脏的小吃。这样的话，客户还会把几十万上百万的投资交给我们吗？"

我担忧地说："这么大的花费，这些初入行的女孩能承担得起吗？"

她说："可以去借呀，会用别人的钱赚钱的人，才是聪明人。她们必须学会享受，享受可以激发人的欲望。你想拥有美妙的生活吗？你就得好好地干。当然，我说的是用正当手段去挣钱。假如一个人，特别是一个女人，只满足于吃糠咽菜，她是注定不会有什么大出息的。假如你享受过了，你就不愿意再过苦日子，只有拼命地去做、去挣钱，来维持你优越的生活，且不说在这种工作中，你还赢得了创造的快乐。"

我对面前的龅牙女士刮目相看，她把一种陌生而充满活力的关于女人的观念，像那盏美味的水鱼汤一样，灌进了我的胃。

我们沉默着，沉默不是金，是一种思考。

她突然微笑着说："你猜，我现在想什么？"

我说："在想一个庞大的计划吧？"

她说："不是啊。我在想，明天我再见到那些新来的女孩子，要对她们交代一件事情，那两天讲课时，忘记了。"

我说："什么事这么重要呢？"

她说："我还要告诫她们，只要当一天经纪人，腿上就永远不能穿四股丝袜，而要穿连裤袜。"

我说："一双袜子还有这么多讲究吗？"

她说："当然啦，一个在同老板讨论大投资的女经纪人，如果突然感到她丝袜的松紧带要掉，她就会惊恐万分，会把大事耽误了。"

我的目光已经注意不到她龅牙齿的缺憾，只觉得她的脸上自有一种和谐。

只见她潇洒地一挥手，说："小姐，埋单！"

心理学教授的弟子

一位心理学教授在录取报考她的研究生时，勾掉了得分最高的学生，取了分数略低的第二名。有人问，你是不是徇私舞弊或屈服于什么压力，才舍高就低？

她说，否。我在进行一项心理追踪研究，或者说是吸取教训。

她是位德高望重的学者，在专业范畴内颇有建树。别人一定要她讲讲录取标准。她缓缓地说，我已经招了多年的研究生，好像一个古老的匠人。我希望我所热爱的学科在我的学生手里发扬光大。老一辈毕竟要逝去，他们是渐渐暗淡下去的苍蓝。新的一辈一定要兴旺，他们是渐渐苏醒过来的嫩青。但选择什么样的接班人呢？我以前总是挑选那些得分最高，看起来兢兢业业、学习刻苦、埋头苦干，像鸡啄米一样片刻不闲的学生。我想，唯有因为热爱，他们才会如此努力取得优异的成绩，因此，他们应该是最好的。我在私下里称他们为"苦大仇深型"的学生。

许多年过去了，我有从容的时间，以目为尺注视他们的脚步，考察他们的历史，以检验当年决定的命中率。

我发现自己错了。在未来的发展中最生龙活虎、最富有潜质并且宠辱不惊，成为真正的学科才俊的是那样一种人——他们表面上像狮子一样悠闲，甚至有点漫不经心和懒散；小的成绩并不能鼓励他们，反而让他们藐视般的淡漠；对于导师的指导和批评，往往是矜持而有保留地接受，使得他们看起来不很虚心；多少有些落落寡合，经常得不到众口一词的称赞；失败的时候难得气馁灰心，几乎不需要鼓励；辉煌的时候也显不出异样的高兴，仿佛对成就有天然的免疫力。他们的面部表情总是充满孩子般的好奇，洋溢着一种快乐，我称之为"欢喜型"。

苦大仇深型的学习者，主要是为了改善自己的生存状态，追求科学知识给自身带来的优裕与好处。一旦达到目的，对于科学本身的挚爱就渐渐蒸发，代之以新的更敏捷的优化生存状态的努力。作为一种生活方式的选择，自然无可厚非，但作为学业继承者，则不是最好的人选。

欢喜型的学习者，也许一开始他们走得不快，脚力也并不显出格外的矫健，但心中的爱好犹如不断喷发的天然气，始终燃烧着熊熊的火焰，风暴无法将它吹熄。在火光的引导下，欢喜型的人边玩边走，兴趣盎然地不断攀登，绝不会因路边暂时的风景而停下脚步，直到高远的天际。

心理学教授说，几乎世上所有的事，都可以划分成"苦大仇深型"和"欢喜型"。比如读书，若是为了一个急切的目的而读，待事过境迁，就会与书形同路人。如果真是爱好喜欢，就会永远将书安放枕边，梦中与书相会。

楼梯拐弯的女孩

一天我下班，邻居大叫，哎呀呀，你怎么才回来？那个女孩在楼道里整整坐了一下午，叫她进屋，怎么也不肯，冻得抱着膝盖，不停地跺脚……大妈说着，指指楼梯拐弯处的第一级台阶，有报纸大小的一块水泥地面，显得很洁净，泛着摩擦过的清光，再下一层的阶梯上有花纹细碎的泥屑。

我摸不着头脑，说，女孩？哪儿来的？为什么要坐在楼梯上？

大妈说，女孩是外地来组稿的编辑，久候我不到，刚刚走。我想，这姑娘也够冒失的，为什么不先打个电话呢？彼此又不认识，哪怕就是在公共汽车站相遇，也会擦肩而过。看着窗外苍茫的夜色，心中又渐渐不安，升起缕缕牵挂。不知那女孩今夜何处安歇，楼道里穿堂风那么大，她会不会感冒？

女孩打了电话来，很幼嫩的声音，说要与我面谈。我说，昨天烦你久等了，要是事先联系一下就比较稳妥，很抱歉啊。

她咯咯一笑说，您不必不安，我是故意不打电话的。要是先通了气，您以写作忙推托，不肯见我，我的组稿任务就难完成了。似这般不速之客找上门去，碰上了自然好，纵是遇见门锁白等了，也会给您留下一个很深刻的印象。

我听她说话时没有感冒的喑哑，放下心来，忙说，印象真是很深呢。只是我今天还要上班，好多人挤一间办公室，谈话不便。组稿的事，我牢记在心，有了合适的稿子，一定寄上。见面的事，就免了吧，北京这么大，你人生地不熟的，南城北城地跑，太辛苦啦。

电话线的那一端沉吟了片刻，很果断地说，还是要见一面。因为我们主编说了，不亲见作者，就不给我报销来回的卧铺票。

我一惊，想不到自己的脸还和人家的经济挂了钩，这是非同小可的事，赶快就定了时间。见面一看，女孩清清秀秀的，说是自小酷爱文学，大学刚毕业，去杂志社应聘，试用期的第一个任务就是京城组稿。组到了，就可以留用。组不到，就得另谋高就了。

我忙说，一定努力，争取早日完成任务。

女孩追问，那您究竟何时给我稿子呢？最好说得准确些。

我踌躇了一下，说稿子就像庄稼，每茬儿有个生长期。我不是高产的优良品种，没法多快好省地打出粮食来。就是马上放下手里的活儿，另起炉灶，速写一篇给你，也还需相当长的酝酿阶段。不过我既答应了你，就会竭尽全力抓紧，你放心吧。

女孩急了，说，你要是不给我一个准日子，主编会说我办事没谱儿，也许是虚晃一枪，怎么办呢？

想想也是，主编肯定是更负责的人。没办法，只有陪着她一道叹气。到底是年轻人，片刻后有了主意。女孩说，这样吧，您给我写个字据，就说保证在何年何月何日之前把一篇几万字的稿子寄到我们杂志社。底下签上您的大名，写上今日时间，最好精确到分。您觉着如何呢？

我只有觉得好，按女孩的要求去做。选了一张干净纸，每一个字都写得很工整，阿拉伯数字尽量规矩，特别是签名，更是一笔一画，绝不能让人误以为漫不经心。写完，我把字据折叠好，很郑重地递到女孩手上，感到一种承诺随之降临。

女孩没接纸，思忖半天说，要是主编觉得这不是您的亲笔，以为是我随便找了个旁人代写的，怎么办呢？

我完全灰心丧气，不知如何是好。想说要是主编不相信，可把笔迹送到公安机关鉴定一下，又觉哪里值得人家这般兴师动众，实在是自作多情，只有不作声。

女孩考虑了较长时间，说，只有辛苦您了，重写一张字据，快写完的时候，我照张相，把您和纸上的字迹一道摄入镜头。人字一体，证据确凿，主编自然无话可说啦。

我俯下身子，慢慢地写，按女孩的吩咐反复调整着纸的角度。写到结尾时，耀眼的镁光灯一闪。

告别的时候，女孩说，她和在澳大利亚留学的表妹都很喜欢我的作品。我拿出两本书，签了字送她。

女孩走了，除了接过我送她书的那一瞬脸上透出天真的笑容，眉头始终淡淡地锁着。我知道她还在为今后犯愁。送别的时候，她走出很远，还回头向我招手。我突然发现她的一条腿有轻微的跛行，心就一下拧紧了——她是不是在我家楼梯拐弯处的台阶上冻得关节疼了呢？

混入北图

带儿子混入北京图书馆，蓄谋已久。

孩子的度量衡，与成人大不相同。人小的时候，可以吃到一生中最好吃的东西，看到一生中最神秘的景象，记住一生中最难忘的话语。甚至恐惧，也是童年时为最。

我带孩子参观过许多展览，许多博物馆。4岁时便让他独自去爬长城，我坚信那份磅礴与宏伟，会渗入他的骨髓。少年是一块虚怀若谷的包袱皮，藏进什么都最稳妥，一辈子都能闭着眼摸到。

北图是亚洲最大的图书馆和北京最美的建筑之一，但它只对成人开放。门口很随意地写着（想象中北图的规矩应该铭刻在铜质烫金的硬物上）进入需要证件。说起来挺宽松的，比如退休证、个体工商者证都行，唯有对学生，是一份别致的苛刻：需大学三年级以上的学生证。

假如儿子20岁时才能进入北图，我觉得那是生命的遗憾。对于成人，北图只不过是获取知识的所在。对于孩子，这座宝蓝色屋顶的巨大宫殿，该有一股独特的魔力。无奈我们的国立图书馆"少儿不宜"，于是一个鬼祟而崇高的主意开始萌动：等他长到和我一般高，我们就混入北图。

耐心地等待这颗青果成熟。终于有一天，孩子能穿 40 号的鞋了。我对他说：想去北图吗？想去。儿子酷爱书。他说过最爱的是母亲，其次是书，气得他父亲咻咻。现在，第一爱的要领他去看第二爱的，焉有不快活之理。

需要做些准备。

穿上你爸爸的羽绒服，这样可以显得更臃肿更老成些。戴上平光镜。别戴墨镜，墨镜容易诱人起疑，哪有进图书馆两眼昏黑的。不要戴口罩，现在大街上谁戴口罩，欲盖弥彰。

最重要的是揣上你爸爸的工作证。且慢，让我再看看像不像。那是丈夫年轻时的肖像，儿子与他酷似，心中便很踏实。

装扮妥当，临出门的那一瞬，突然气馁。从来没做过这种偷天换日的事，心中惶惶然。要不，等你再长大一点，唇边有了小胡须，就更像你爹了，咱们再去？我试图劝阻儿子。

妈妈，你为什么这么婆婆妈妈！纵然被人捉住了，又有什么？鲁迅早说过，窃书不算偷。况且我们并没有偷，只是看。看看有什么罪过？14 岁男孩像马驹一样蓬勃的话，鼓舞了我。不过那句话是孔乙己说的，不是鲁迅说的。我纠正他。

走！去北图！

北图门口有卫兵，那是不足虑的，他并不盘查。很顺利地通过这第一道关卡。我故意落下几步，从侧面观察儿子。他确实很像个成人了，步履匆匆地向北图高大的正门迈去。漫长的汉白玉台阶上生长着在北国冬天显出苍灰色的苔藓。

慢行。我说。为什么？妈妈。他问。你看那台阶。台阶怎么啦？那台阶证明很少有人从正门通行。那人们从哪里进去读书呢？有许多莘莘学子从我们身边掠过。

从侧门。我说。

那么正门什么时候开呢？好像是有贵宾参观的时候。

儿子便有一刻黯然。然而毕竟是孩子，他很快被北图优雅的环境所陶醉。

这是北方冬日极好的一个晴天。天穹蓝得如同海底世界，北图以同样碧蓝且更为耀眼的琉璃瓦无所顾忌地炫耀自己。在这座庞大的王国里，居住着书的君王和它的亿万子民。

洁净的院落里，树影扶疏。注意树上的标牌，上面写着这株植物的名称种属……我提醒儿子。

儿子像小鹿似的跑。妈妈，我们还是去看书！到了图书馆，看书最重要，看植物留到植物园吧！

现在，我们要通过第二道封锁线了。进楼的人需把证件打开。妈妈，他会仔细看我的工作证吗？爸爸的年龄一栏里写着 40 岁，我怕……儿子倚住我。

别害怕！我在前面走，你在后面跟。注意我的动作，只潇洒地把证件扬一扬，以我的经验，门卫就会挥手放行……我勇敢地给儿子示范。

终于，我们成功地进入了北图！

我领着儿子，教给他怎样存包，怎样查找目录，怎样办理复印手续……他像只乖巧的小狐狸不远不近地跟随我……我最后指点给他厕所的位置。

现在，我们去阅览厅吧！儿子跃跃欲试地说。

现在，我们回家去吧！你已经看到了北图的巍峨，你已经知道了借阅的程序，我们的目的已经圆满达到。该走了。至于书，哪里都是一样的，犹如水，无非是河里的浅，海里的深。

不！妈妈。那不一样，海水是咸的！如果我们不看书，那还算什么到过北图！

我要承认我在粉饰怯懦。领儿子游览北图迄今顺利，一切平安应该见好就收。终究是用的假证件，出了纰漏，就毁了初衷。

面对儿子渴求的目光，我决定率他铤而走险。孩子你走进厅里，工作人员会接过你的证件，然后换给你一个号码牌，你就到座位上去读书……注意签字时，一定要写你父亲的名字而不是你的……还有单位，千万不能写成你所在的中学……最后，切记不可把书带出来，不然特殊的仪器会发出尖锐的鸣叫……我谆谆告诫。

妈妈，我去了。儿子像股火苗，一蹿好高。不成，咱们再换一个阅览厅。我牵起他转移阵地。

为什么？儿子大惑不解，这个阅览厅的工作人员看起来很负责，我们太危险。

真正明白了什么叫做贼心虚。挑了一个工作人员埋头读书的阅览厅，用手一指，果断地说，你进去吧！

妈妈，你不同我一起去呀？儿子惊讶地瞪圆了眼睛。你害怕了吗？我激他。好，妈妈！儿子一步迈了三级台阶，拐向阅览厅。

真实的理由是：我害怕这种场面。也许儿子尚不致露马脚，我先要在一旁面红耳赤，心跳如驼铃了！

我卡在楼梯口，既不敢上，也不敢下，探头觑着阅览厅落地的玻璃门。在儿子向工作人员掏出证件的那一瞬，我闭上了眼睛……

真害怕看到尴尬的一幕，真恐惧听到刺耳的叱声……

四周静悄悄，仿佛一片荒原。待我再睁开眼睛，我已看不到儿子了。巨大的玻璃门像一层无声瀑布，只有那位工作人员仍在痴迷读书……

儿子终于成了北图读者，我好欣喜。原想进去找他，又想还是让他独自享受在这殿堂中阅读的喜悦吧。

我在楼梯拐角处，一直等到闭馆时儿子出来。我们到小卖部买点熟食充饥。

妈妈，你说人家不会仔细瞧照片，实际上他的眼光像吸尘器，在我脸上吸了个遍，肯定认出了我。只是，他什么也没有说。

哦，谢谢你，北图爱读书的管理员！

告别北图。儿子说，今天我有三点感受最深。一是北图的书真多啊！二是北图的快餐鱼真好吃。最后一条是……他沉吟，显出少年老成。

最后一条是什么呢？轮到我好奇。

我想从北图的正门走进去。

青虫之爱

　　我有一位闺中好友，从小怕虫子。不论什么品种的虫子都怕。披着蓑衣般茸毛的洋辣子，不害羞地裸着体的吊死鬼，一视同仁地怕。甚至连雨后的蚯蚓，也怕。放学的时候，如果恰好刚停了小雨，她就会闭了眼睛，让我牵着她的手，慢慢地在黑镜似的柏油路上走。我说，迈大步！她就乖乖地跨出很远，几乎成了体操动作上的劈叉，以成功地躲避正蜿蜒于马路的软体动物。在这种瞬间，我可以感受到她的手指如青蛙腿般弹着，不但冰凉，还有密集的颤抖。

　　大家不止一次地想办法治她这毛病，那么大的人了，看到一个小小毛虫，哭天抢地的，多丢人啊！早春天，男生把飘落的杨花坠，偷偷地夹在她的书页里。待她走进教室，我们都屏气等着那心惊肉跳的一喊，不料什么声响也未曾听到。她翻开书，眼皮一翻，身子一软，就悄无声息地瘫到桌子底下了。

从此再不敢锻炼她。

许多年过去，各自都成了家，有了孩子。一天，她到我家中做客，我下厨，她在一旁帮忙。我择青椒的时候，突然从蒂旁钻出一条青虫，胖如蚕豆，背上还长着簇簇黑刺，好一条险恶的虫子。因为事出意外，怕那虫蜇人，我下意识地将半个柿子椒像着了火的手榴弹扔出老远。

待柿子椒停止了滚动，我用杀虫剂将那虫子扑死，才想起酷怕虫的女友，心想刚才她一直目不转睛地和我聊着天，这虫子一定是入了她的眼，未曾听到她惊呼，该不是吓得晕厥过去了吧？

回头寻她，只见她神态自若地看着我，淡淡说，一个小虫，何必如此慌张。

我比刚才看到虫子还愕然地说，啊，你居然不怕虫子了？吃了什么抗过敏药？还是狠斗私字一闪念，阶级觉悟有了大提高？

女友苦笑说，怕还是怕啊。只是我已经能练得面不改色，一般人绝对看不出破绽。刚开始的时候，我就盯着一条蚯蚓看，因为我知道它是益虫，感情上接受起来比较顺畅。再说，蚯蚓是绝对不会咬人的，安全性能较好……这样慢慢举一反三，现在我无论看到有毛没毛的虫子，都可以把惊恐压制在喉咙里。

我说，为了一个小虫子，下这么大的功夫，真有你的。值得吗？

女友很认真地说，值得啊。你知道我为什么怕虫子吗？

我撇撇嘴说，我又不是你妈，我怎么会知道啊！

女友拍着我的手说，你可算说到点子上了，怕虫就是和我妈有关。我小的时候，是不怕虫子的。有一次妈妈听见我在外面哭，急忙跑出去一看，我的手背又红又肿，旁边一条大花毛虫正在缓缓爬走。我妈知道我叫虫蜇了，赶紧往我手上抹牙膏，那是老百姓止痒解毒的土法。以后，她只要看到我的身旁有虫子，就大喊大叫地吓唬我……一来二去的，我就成了条件反射，看到虫子，灵魂出窍。

后来如何好的呢？我追问。依我的医学知识，知道这是将一个刺激反复强化的结果，最后，女友就成了巴甫洛夫教授的案例，每一次看到虫子，就恢复到童年时代的大恐惧中。世上有形形色色的恐惧症，有的人怕高，有的人怕某种颜色，我曾见过一位女士，怕极了飞机起飞的瞬间，不到万不得已，她是绝不搭乘飞机的。一次实在躲不过，上了飞机。系好安全带后，她骇得脸色刷白，飞机开始滑动，她竟号啕痛哭起来……中国古时的"一朝被蛇咬，十年怕井绳"说的也是这回事。只不过杯弓蛇影的起因，有的人记得，有的人已遗忘在潜意识的晦暗中。在普通人看来是微不足道的小事，对当事人来说，痛苦煎熬，治疗起来十分困难。

女友说，后来有人要给我治，说是用逐步脱敏的办法。比如先让我看虫子的画片，然后再隔着玻璃观察虫子，最后直接注视虫子……

原来你是这样被治好的啊！我恍然大悟道。

嗨！我根本就没用这个法子。我可受不了，别说是看虫子的画片了，有一次到饭店吃饭，上了一罐精致的补品。我一揭开盖，看到那漂浮的虫草，当时就把盛汤的小罐摔到地上了……朋友抚着胸口，心有余悸地讲着。

我狐疑地看了看自家的垃圾筒，虫尸横陈，难道刚才女友是别人的胆子附体，才如此泰然自若？我说，别卖关子了，快告诉我你是怎样重塑了金身。

女友说，别着急啊。听我慢慢说。有一天，我抱着女儿上公园，那时她刚刚会讲话。我们在林荫路上走着，突然她说，妈妈……头上……有……她说着，把一缕东西从我的发上摘下，托在手里，邀功般地给我看。

我定睛一看，魂飞天外，一条五彩斑斓的虫子，在女儿的小手内，显得狰狞万分。

我第一个反应是像以往一样地昏倒，但是我倒不下去，因为我抱着我的孩子。如果我倒了，就会摔坏她。我不但不曾昏过去，神志还从没有过的清醒。

第二个反应是想撕肝裂胆地大叫一声。因为你胆子大，对于惊叫在恐惧时的益处可能体会不深。其实能叫出来极好，可以释放高度的紧张。但我立即想到，万万叫不得。我一喊，就会吓坏了我的孩子。于是，我硬是把喷到舌尖的惊叫咽了下去，我猜那时我的脖子一定像吃了鸡蛋的蛇一样，鼓起了一个大包。

现在，一条虫子近在咫尺。我的女儿用手指抚摸着它，好像那是一块冷冷的斑斓宝石。我的脑海迅速地搅动着。如果我害怕，把虫子丢在地上，女儿一定从此种下了虫子可怕的印象。在她的眼中，妈妈是无所不能无所畏惧的，如果有什么东西把妈妈吓成了这个样子，那这东西一定是极其可怕的。

我读过一些有关的书籍，知道当年我的妈妈，正是用这个办法，让我一生对虫子这种幼小的物体，骇之入骨。即便当我长大之后，从理论上知道小小的虫子只要没有毒素，实在不值得大惊小怪，但我的身体不服从我的意志。我的妈妈一方面保护了我，一方面用一种不恰当的方式，把一种新的恐惧，注入我的心里。如果我大喊大叫，那么这根恐惧的链条，还会遗传下去。不行，我要用我的爱，将这链条砸断。

我颤巍巍地伸出手，长大之后第一次把一只活的虫子捏在手心，翻过来倒过去地观赏着那虫子，还假装很开心地咧着嘴，因为——女儿正在目不转睛地看着我呢！

虫子的体温，比我的手指要高得多，它的皮肤有鳞片，鳞片中有湿润的滑液一丝丝渗出，头顶的茸毛在向不同的方向摆动着，比针尖还小的眼珠机警怯懦……

女友说着，我在一旁听得毛骨悚然。只有一个对虫子高度敏感的人，才能有如此令人震惊的描述。

女友继续说，那一刻，真比百年还难熬。女儿清澈无瑕的目光笼罩着我，在她面前，我是一个神。我不能有丝毫的退缩，我不能把我病态的恐惧传给她……

不知过了多久，我把虫子轻轻地放在了地上。我对女儿说，这是虫子。虫子没什么可怕的。有的虫子有毒，你别用手去摸。不过，大多数虫子是可以摸的……

那只虫子，就在地上慢慢地爬远了。女儿还对它扬扬小手，说："拜……"

我抱起女儿，半天一步都没有走动。衣服早已被黏黏的汗浸湿。

女友说完，好久好久，厨房里寂静无声。我说，原来你的药，就是你女儿给你的啊。

女友纠正道，我的药，是我给我自己的，那就是对女儿的爱。

没有少作

我开始写作的时候，已经很老，整整三十五周岁，十足的中年妇女了。就是按照联合国最宽松的年龄分段，也不能算作少年，故曰没有少作。

我生在新疆伊宁，那座白杨之城摇动的树叶没给我留下丝毫记忆。我出生时是深秋，等不及第二年新芽吐绿，就在襁褓中随我的父母跋山涉水，调到北京。我在北京度过了整个童年和少年时代，但是我对传统的北京文化并不内行，那是一种深沉的底色，而我们是漂泊的闯入者。部队大院好像来自五湖四海的风俗汇集的部落，当然，最主要的流行色是严肃与纪律。那个时代，军人是最受尊敬的阶层。我上学的时候，成绩很好，一直当班主席，少先队的大队长。全体队员集合的时候，要向大队辅导汇报情况，接受指示⋯⋯充其量是一个"孩子头"。但这个学生中最骄傲的位置，持久地影响了我的性格，使我对夸奖和荣耀这类事，像打了小儿麻痹疫苗一般，有了强韧的抵抗力。人幼年时候，受过艰苦的磨难固然重要，但尝过出人头地的滋味也很可贵。当然，有的人会种下一生追逐名利的根苗，但也有人会对这种光环下的烟雾，有了淡漠它、藐视它的心理定力。

我中学就读于北京外语学院附属学校。它是有十个年级的一条龙多语种的外语专门学校，毕业生多保送北京外国语大学，对学生进行的教育是长大了做红色外交官。学校里有许多出身显赫的子弟，家长的照片频频在报纸上出现。本来，父亲的官职已令我骄傲，这才第一次认识到了"山外有山，天外有天"，虚荣之心因此变平和了许多。我们班在小学戴三道杠的少说也有二十位，正职就不下七八个，僧多粥少，只分了我一个中队学习委员。不过，我挺宁静，多少年来过着管人的日子，现在被人管，真是省心。上课不必喊起立，下课不必多做值日，有时也可扮个鬼脸耍个小脾气，比小学时众目睽睽下以身作则的严谨日子自在多了。不过，既然是做了学习委员，学习必得上游，这点自觉性我还是有的，便很努力。我现在还保存着一张那时的成绩单，所有的科目都是5分，唯有作文的期末考试是5-。其实，我的作文常作为范文，只因老师期末考试时闹出一个新花样，考场上不但发下了厚厚一沓卷纸，还把平日的作文簿也发了下来。说此次考试搞个教改，不出新题目了，自己参照以前的作业，拣一篇写得不好的作文，重写一遍，老师将对照着判分，只要比前文有进步，就算及格。一时间，同学们欢声雷动，考场里恐怖压抑的气氛一扫而光。我反正不怕作文，也就无所谓地打开簿子，不想一翻下来，很有些为难。我以前所有的作文都是5分，慌忙之中，真不知改写哪一篇为好。眼看着同学们唰唰动笔，只得无措地乱点一篇，重新写来。判卷的老师后来对我说，写得还不错，但同以前那篇相比，并不见明显的进步，所以给5-。我心服口服。那一篇真是不怎么样。

"文化大革命"兴起，我父母贫农出身，青年从军，没受到什么冲击。记得我听到"停课闹革命"的广播时，非常高兴。因为马上就要期末外语口试，将由外籍老师随心所欲地提问。比如你刚走进考场，他看你个子比较高，就会用外语冷不丁地问："你为什么这样高大？"你得随机应变地用外语回答："因为我的父亲个子高。"他穷追不舍："为什么你的父亲个子高？"你回答："因为我爷爷长得高。"他还不死心，接着问："为什么你爷爷高……"你就得回答："因为我爷爷吃得多……"外籍老师就觉得这个孩子反应机敏，对答如流，给个好分。面对这样的经验之谈，我愁肠百结。我的外语不错，简直可算高才生，但无法应付这种考试，肯定一败涂地。现在难题迎刃而解，怎能不喜出望外？

我出身不错，但不是一个好红卫兵，因为我舍不得砸东西，也不忍心对别人那么狠。我一看到别人把好好的东西烧了毁了，就很痛心，大家就说我革命不坚决，出头露面的事就不让我干了。比如抄家时别人都在屋里掘地三尺，搜寻稀奇古怪的罪证和宝贝，撇我一个人在荒凉的院子里看着"黑五类"。"地富反坏"对我说："想上厕所了。"我说："去呗。"那人说："你不跟着了？"我说："厕所那么味，我才不去呢，你快去快回。"那人说："我自己不敢去，要是叫别的红卫兵看见了，说我是偷着跑出去，还不得把我打死？"我一想，只好跟他到街上的公共厕所。红卫兵首领看见我挂着木枪，愁眉苦脸地站在厕所门口，问："你这是给谁站岗？"我说："有一个让我看管的人正在方便。"首领大惊道："你一个小女孩半夜三更地待在这里，就不怕他一下子蹿出来，把你杀了？"我毛骨悚然，说："那他要上厕所，我有什么办法？"首领手一挥说："这还不好办，让他拉在裤子里……"正说着，那个坏分子出来了，很和气的样子，一个劲地感谢我。首领对我无可奈何地摇摇头，认定我阵线不清。其实，我只是无法想象不让别人上厕所一直憋下去的情形，将心比心，觉得太难受了。首领以后分配抄家任务的时候，干脆只让我去看电话、印战报，认为我不堪造就。

班上同学把某女生的被子丢在地上，要泼冷水，理由是她父亲成了"黑帮"，我强烈反对这样做，挺身而出，几乎同一个班的人为敌。以前我和大家关系都不错，大伙看我这么坚决，就退了一步。只象征性地在她被子角上洒了些水，大部分棉絮还可以凑合着盖。那个女生现在是高级工程师，有时想起往事，还说："毕淑敏，你当年怎么那么勇敢？觉悟那么高？"我说："这跟觉悟和勇敢可没一点关系，我只是想，一个人要在浸满冷水的被子里睡觉，多冷啊！再说棉花招谁惹谁了，为什么非得作践被子？"

久久地不上课，也是令人无聊的事情。当外语口试的阴影过去之后，我开始怀念起教室了。学校有建于20世纪初叶的古典楼房，雕花的栏杆和木制的楼梯，还有像水龙头开关一般复杂的黄铜窗户插销，都用一种久远渊博的宁静召唤着我们。学校图书馆开馆闹革命，允许借"毒草"，条件是每看一本，必得写出一篇大批判文章。我在光线灰暗的书架里辗转反侧，连借带偷，每次都夹带着众多的书蹒跚走出，沉重得像个孕妇。偷的好处是可以白看书，不必交批判稿。就像买东西的时候顺手牵羊，不必付钱。写大批判稿是很苦的事情，你明明觉得大师的作品精妙无比，却非得说它一无是处，真是除了训练人说假话以外，就是让人仇恨自己毫无气节。我只好一边写一边对着天空祷告："亲爱的大师们，对不起啊，为了能更多地读你们的书，我只好胡说一通了。你们既然写出了那么好的书，塑造了那么多性格复杂的人物，就一定能理解我，一定会原谅一个中国女孩的胡说八道……"我那时很傻，从来没把任何一本偷来的书，据为己有，看完之后，不但如约还回，连插入的地方都和取出时一模一样，生怕有何闪失。这固然和我守规矩的天性有关，私下里也觉得如果图书管理员发现了书总是无缘无故地减少，突然决定不再借书，我岂不因小失大，悔之莫及！

同学们刚开始抢着看我的书，但她们一不帮我写大批判文章，二来看得又慢，让我迟迟还不上书，急得我抓耳挠腮，也顾不得同学情谊，索性把她们看了一半的书劈手夺下，开始我下一轮的夹带。大家不干，就罚我把没看完的部分讲出来。这样，在1966年以后那些激烈"革命"的日子里，在北京城琉璃厂附近一所古老的楼房里，有一个女孩给一群女孩讲着世界名著，雨果、托尔斯泰、巴尔扎克……

我并不觉得年龄太小的时候，在没有名师指点的情形下，阅读名著是什么好事。我那时的囫囵吞枣，使我对某些作品的理解终身都处在一种儿童般的记忆之中。比如我不喜欢太晦涩太象征的作品，也许就因为那时比较弱智，无法咀嚼微言大义。我曾清清楚楚地记得我对想听《罪与罚》的同学讲，它可没意思了……至今惭愧不已。

1969年2月我从学校应征入伍，分配到西藏阿里高原部队当卫生员。以前我一般不跟人说"阿里"这个具体的地名，因为它在地图上找不到，一个名叫"狮泉河"的小镇标记，代表着这个三十五万平方公里的广袤高原。西藏的西部，对内地人来说，就像非洲腹地，是个模糊所在，反正你说了人家也不清楚，索性就不说了。自打出了一个孔繁森，地理上的事情就比较有概念了，知道那是一个绝苦的荒凉之地。距今二十多年以前的藏北高原，艰苦就像老酒，更醇厚一些。我在那支高原部队里待了十一年。之所以反复罗列数字，并非炫耀磨难，只是想说明，那段生活对于"温柔乡"里长大的一个女孩子，具有怎样惊心动魄的摧毁与重建的力量。

我的童年和少年时代，充满了爱意和阳光。父母健在，家庭和睦，身体健康，弟妹尊崇，成绩优异，老师夸奖，甚至在"文化大革命"中，也大致平安。我那时幼稚地想，这个世界上的社会主义只有两家，中国和阿尔巴尼亚。那盏亚德里亚海边的明灯虽然亮，规模还是小了一点，当然是生在中国为佳了。长在首都北京，就更是幸运了。学上不成，出路无非是上山下乡或是到兵团，能当上女兵的百里挑一，这份福气落到了我的头上，应该知足啊……

在经过了一个星期的火车、半个月的汽车颠簸之后，五个女孩到达西藏阿里，成为这支骑兵部队有史以来第一批女兵，那时我十六岁半。

从京城优裕生活的学外语女孩，一下子坠落到祖国最边远的不毛之地的卫生员（当然，从海拔的角度来说是上升了，阿里的平均高度超过了五千米），我的灵魂和肌体都受到了极大震动。也许是氧气太少，我成天迷迷糊糊的。有时竟望着遥远的天际，面对着无穷无尽的雪原和高山，心想，"这世界上真还有北京这样一个地方吗？以前该不是一个奇怪的梦吧？"只有接到家信的时候，才对自己的过去有一丝追认。

我被雪域的博大精深和深邃高远震骇住了。在我短暂的生命里，不知道除了灯红酒绿的城市，还有这样冷峻严酷的所在。这座星球凝固成固体时的模样，原封不动地保存着，未曾沾染任何文明的霜尘。它无言，但是无往而不胜，和它与天同高与地齐寿的沧桑相比，人类多么渺小啊！

我有一件恒久的功课，就是——看山。每座山的面孔和身躯都是不同的，它们的性格脾气更是不同。骑着马到牧区送医送药时，我用眼光抚摸着每一座山的脊背和头颅，感到它们比人类顽强得多，永恒得多。它们默默无言地屹立着，亿万斯年。它们诞生的时候，我也许只是一段氨基酸的片段，无意义地飘浮在空气中，但此刻已幻化成人，骄傲地命名着这一座座雄伟的山。生命是偶然和短暂的，又是多么宝贵啊。

有人把宇宙观叫作世界观，我想这不对。当我们说到世界的时候，通常指的是熙熙攘攘的人类世界。当你在城市和文明之中的时候，你可以坚定不移地认为，宇宙就是世界，世界就是宇宙，它们其实指的就是我们这颗地球。但宇宙实在是一个比世界大无数倍的概念，它们之间是绝不可画等号的。通过信息和文字，你可以了解世界，但只有亲身膜拜大自然，才能体验到什么是宇宙。

我还没有听什么人说过他到了西藏，能不受震撼地原汤原汁地携带着自己的旧有观念返回城市。这块地球上最高的土地，把一种对于宇宙和人自身的思考，用冰雪和缺氧的形式，强硬地灌输给每一个抵达它的海拔的头脑。

对于一个十六岁的女孩来说，这种置换几乎是毁灭性的。我在花季的年龄开始严峻郑重地思考死亡，不是因为好奇，而是它与我摩肩擦踵，如影随形。高原缺氧，拉练与战斗，无法预料的"高原病"……我看到过太多的死亡，以至于有的时候，都为自己的依然活着深感愧疚。在那里，死亡是一种必然，活着倒是幸运的机遇了。在君临一切的生死忧虑面前，我已悟出死亡的真谛，与它无所不在的黑翅相比，个人所有的遭遇都可淡然。

现在我要做的事，就是返回来，努力完成生命给予我的缘分。我是一个很用功的卫生员，病人都说我态度好。这样，我很快入团入党，到了1971年推荐第一批工农兵学员上军医大的时候，人们不约而同地举荐了我。一位相识的领导对我说："把用不着的书精简一下，过几天有车下山的时候，你就跟着走了，省得到时候抓瞎。"

我并没有收拾东西，除了士兵应发的被褥和一本卫生员教材，我一无所有，可以在接到命令半小时之内，携带全部家当迁到任何地方去。我也没有告诉家里，因为我不愿用任何未经最后认证的消息骚扰他们，等到板上钉钉时再说不迟。

几天，又几天过去了。我终于没有等到收拾东西的消息，另外一个男卫生员搭顺路的便车下山，到上海去念大学。我甚至没去打听变故是为什么，很久之后才知道，在最后决策的会议上，一位参加者小声说了一句："你们谁能保证毕淑敏在军医大学不找对象，三年以后还能回到阿里？"一时会场静寂，是啊，没有人能保证。这是连毕淑敏的父母、毕淑敏自己都不能预测的问题。假如她真的不再回来，雪域高原好不容易得到一个培训名额，待学业有成时就不知便宜了哪方热土。给我递消息的人说，当时也曾有人反驳，说她反正也嫁不到外国去，真要那样了，就算为别的部队培养人才吧。可这话瞬间被窗外呼啸的风雪声卷走，不留一丝痕迹。

我至今钦佩那时的毕淑敏，没多少阅历，但安静地接受这一现实，依旧每天平和地挑着水桶，到狮泉河畔的井边去挑水（河旁的水位比较浅），供病人洗脸洗衣。挑满那锈迹斑斑的大铁桶，需要整整八担水。女孩其实是不用亲自挑水的，虽然那是卫生员必需的功课。只要一个踟蹰的眼神一声轻微的叹息，绝不乏英勇的志愿者。能帮女兵挑水，在男孩子那里，是巴不得的。

山上的部队里有高达四位数字的男性，只有一位数字的女兵，性别比例上严重失调。军队有句糙话，叫"当兵三年，老母猪变貂蝉"。每个女孩都确知自己的优势，明白自己有资格颐指气使，只要你愿意，你几乎能够指挥所有的人，得到一切。

我都是独自把汽油桶挑满，就像按时完成家庭作业，在海拔五千米的高原上，我很悠闲地挑着满满两大桶水安静地走着，换肩的时候十分轻巧，不会让一滴水泼洒出来。我不喜欢那种一溜小跑很逃窜的挑水姿势，虽说在扁担弹动的瞬间，会比较轻松，但那举止太不祥和了。我知道在我挑水的时候，有许多男性的眼光注视着我，想看到我窘急后伺机帮忙。

在我的有生之年，凡是我自己能做到的事情，都不会假以他人。不但是一种自律，而且是对别人的尊重。如果凭自己的努力，已无法完成这一工作，我就会放弃。我并不认为不达目的决不罢休是一种非常良好的生活状态，它过于夸大人的主观作用，太注重最后的结局了。在一切时候，我们只能顺从规律，顺从自然。

开始学做卫生员，没有正规的课堂，几乎像小木匠学徒一样，由老医生手把手地教。惊心动魄的解剖课，其真实与惨烈，任何医科大学都不可比。记得有一个肝癌牧人故去，老医生对我们说："走，去看看真正的恶性肿瘤。"牧人的家属重生不重死，他们把亲人的遗体托付给金珠玛米（解放西藏后，解放军的专有称呼，救苦救难的菩萨兵），活着的人赶着羊群逶迤而去。金珠玛米们把尸体安放在担架上，抬上汽车，向人迹绝踪的山顶开去，将在那里把尸身剖开，引来秃鹫，实施土法的"天葬"。

那是我第一次与死人相距咫尺，我昨天还给他化验过血，此刻他却躺在大厢板上，随着车轮的每一次颠簸，像一段朽木在白单子底下自由滚动，离山顶还有很远，路已到尽头，汽车再无法向前。我们把担架抬下来，高托着它，向山顶攀去。老医生问："你抬前架还是后架？"我想想说："后面吧。"因为抬前面的人负有使命，需决定哪一座峰峦才是这白布下的灵魂最后的安歇之地，我实在没有经验。

灵魂肯定是一种有负重量的物质，它离去了，人体反而滞重。我艰难地高擎担架，在攀登的路上竭力保持平衡。尸体冰凉的脚趾隔着被单颤动着，坚硬的指甲鸟喙一样点着我的面颊。片刻不敢大意，我紧盯着前方人的步伐。倘若他一个失手，肝癌牧人非得滑坐在我的肩膀上。

山好高啊，累得我几乎想和担架上躺着的人交换位置。我抑制着喉头血的腥甜，说："秃鹫已经在天上绕圈子了，再不把死人放下，会把我们都当成祭品的。"老医生沉着地说："只有到了最高的山上，才能让死者的灵魂飞翔。我们既然受人之托，切不可偷工减料。"

终于，到了伸手可触天之眉的地方。担架放下，老医生把白单子掀开，把牧羊人铺在山顶的砂石上，如一块门板样周正，锋利的手术刀口流利地反射着阳光，簌然划下……他像拎土豆一般把布满肿瘤的肝脏提出腹腔，仔细地用皮尺量它的周径，用刀柄敲着肿物，倾听它核心处混沌的声响，一边惋惜地叹道："忘了把炊事班的秤拿来，这么大的癌块，罕见啊……"

秃鹫在头顶愤怒地盘旋着，翅膀扇起阳光的温热。望着牧人安然的面庞，他的耳垂上还有我昨日化验时打下的针眼，粘着我贴上去的棉丝。因为病的折磨，他瘦得像一张纸。尽管当时我把刺血针调到最轻薄的一挡，还是几乎将耳朵打穿。他的凝血机制已彻底崩溃，稀薄的血液像红线似的无休止流淌……我使劲用棉球堵也无用，枕巾成了湿淋淋的红布。他看出我的无措，安宁地说："我身上红水很多，你尽管用小玻璃瓶瓶灌去好了，我已用不到它……"

面对苍凉旷远的高原，俯冲而下乜视的鹰眼，散乱山之巅的病态脏器和牧羊人颜面表皮层永恒的笑容，在那一瞬间，我明白了什么叫作"生命"。

一个人在非常年轻的时候洞彻生死，实在是一种大悲哀，但你无法拒绝。这份冰雪铸成的礼物，我只有终生保存，直至重返生命另外形态的那一天。

　　我的一首用粉笔写在黑板报上的小诗，被偶尔上山又疾速下山的军报记者抄了去，发在报上。周围的人都很激动，那个年代铅字有一种神秘神圣的味道。我无动于衷，因为那不是我主动投的稿，我不承认它是我的选择。以后在填写所有写作表格的时候，我都没写过它是我的处女作。

　　我终于凭着自己的努力上了学，在学校的时候，依旧门门功课优异，这对我不是一件很难的事情。我成了一名军医，后来，结婚生子。到了儿子一岁多的时候，我从北京奶奶家寄来的照片上，发现孩子因为没有母亲的照料，有明显的佝偻病态。我找到阿里军分区的司令员，对他说："作为一名军人，为祖国，我已忠诚地戍边十几年。现在，我想回家了，为我的儿子去尽职责。"他沉吟了许久说："阿里很苦，军人们都想回家，但你的理由打动了我。你是一个好医生，幸亏你不是一个小伙子，不然，我无论如何也不会放你走。"

　　回到北京。很长一段时间内，我学烹调，学编织，学着做孩子的棉裤和培育开花或是不开花的草木……我极力想纳入温婉女人的模式，甚至相当成功地做到了这一点。我发的绿豆芽雪白肥胖。自给有余外，还可支援同事的饭桌，大伙说可以到自由市场摆个地摊啦！

唯有我自己知道，在我的脉管深处，经过冰雪洗礼的血液已不可能完全融化，有一些很本质的东西发生过，并将永远笼罩着我的灵魂。在寒冷的高处，有山和士兵，有牧羊人和鹰呼唤着我，既然我到达过地球上最险峻的雪域，它就将一种无以言传的使命强加于我。

我开始做准备，读文学书，上电大的中文系……对于一个生活稳定、受人尊重的女医生来说，实有"不务正业"之嫌，我几乎是在"半地下"的状态做这些事，幸好我的父母我的丈夫给予我深长的理解和支持。这个准备过程挺长，大约用了一个孩子从一年级到小学毕业的时间，当助跑告一段落的时候，我已人到中年。

在一个很平常的日子，正好我值夜班，没有紧急病人。日光灯下铺开一张纸，开始了我第一篇小说的写作。

关于以后的创作，好像就没有多少可说的了，我按部就班地努力写着，尽量做得好一些。只要自觉尽了力，也就心安。已经走了很长的路，假如没有意外，还有很长的路要走。

我写的文字能印在报刊上这件事，我的父母很看重，这是我始料不及的。我的那些并不成熟的作品，曾给我重病中的父亲带来由衷的快乐，他嘱咐我要好好地写下去。父亲已经远行，最后的期望在苍茫的天穹回响。为了不辜负他们的目光，我将竭尽全力。

认真地生活和写作，以回答生命。当我写作第一篇作品的时候，就是这样想的，现在依然。

断臂的姐姐

我有一个妹妹，比我年轻（这是废话啦），聪慧机警。她在北大读完计算机专业，到一家工厂当工程师。多年来，她一直是我的作品的忠实读者，经常提出一些很尖锐、很中肯的意见，使我受益匪浅。

原以为我俩一文一理，是两股道上跑的车，绝无聚头的日子。不想随着国门打开，洋货涌入，国产计算机的局势日见危急，妹妹所在的工厂濒临倒闭，最后竟到了只发微薄的生活费的境地。

一日，老母对我说，看你写些小文章，经常有淡绿色的汇款单寄来，虽说仨瓜俩枣的，管不了什么大事，终是可以让你贴补些家用，给孩子买只烧鸡的时候，手不至于哆嗦得太甚。你既有了这个本事，何不教你亲妹妹两招。她反正也闲得无事，试着写写，万一高中了，岂不也宽裕些?

母亲这样一说，倒让我很不好意思起来，好像长久以来自己私藏了一件祖传的宝贝，只顾独享，怠慢了一奶同胞的妹妹。

我支吾着说，世界级的大文豪海明威先生说过，写作这种才能，是几百万人当中才能摊上一份的，不是谁想写都能写的。

老母撇撇嘴说，她与你同父同母，我就不信只有你能写，她就写不得！

话说到这份儿上，我只有对妹妹说，你写一篇，拿来给我看看。

妹妹很为难地说，写什么呢？我又不像你，到过人迹罕至的西藏。我是生在北京，长在北京，最远的旅行就是到了北大的未名湖畔。这样简单的人生经历，写出的文章，只怕小孩子都不会看的。

我说，先不要想那么多吧。你就从你最熟悉最喜欢的事情写起，不要有任何顾虑和框框。写的时候也不要回头看，写作就像走夜路，一回头就会看到鬼影，失了写下去的勇气。你只管一门心思地写，一切等你写出来再说。

妹妹听完我的话，就回她自己的家去了。其后的很长一段时间无声无息。当我几乎把这件事忘记的时候，她很腼腆地交给我几张纸，说是小说稿写完了，请我指正。

我拿着那几张纸，翻来覆去地看了好几遍，好像是在研究这纸是什么材料制成的。我知道妹妹很紧张地注视着我，等待着我的裁决。我故意把这段时间拉得很长——不是要折磨她，是在反复推敲自己的结论是否公正。

我慢吞吞地说，你的文章，我看完了。我在这里看到了许多不成熟和粗疏的地方，但是，我要坦率地说，你的文字里面蕴含着一种才能……

妹妹吃惊地说，你不是骗我吧？不是故意在鼓励我吧？这是真的吗？我真的可以写一点儿东西吗？

我说，我有什么必要骗你呢？写作是一件很辛苦的事情，说真的，我真不愿你加入这个行列，它比你做电脑工程师的成功概率要低得多。但是，如果你喜欢，可以一试，李白说过，天生我材必有用。如果你爱好用笔来传达你对人世间的感慨，就沿着这条路走下去好了。

妹妹的脸红起来，说，姐姐，我愿一试。

我说，那好吧，回去再写十篇来。

用了大约一年时间，妹妹的十篇文章才写好。我一次都没有催过她。我固执地认为，一个人如果真正热爱一个行当，不用人催，他也会努力的。若是不热爱，催也无用。

当我看到厚厚一沓用计算机打得眉清目秀的稿子时，知道妹妹下了大功夫。读稿的时候，我紧张地控制着表情肌，什么神态也不显露出来。看过之后，把稿子随手递还。

怎么样呢？她焦灼地问。

我淡淡地说，还好，起码比我想象的要好得多。有几篇甚至可以说是很不错的了。

妹妹很明显地松了一口气，说，这下我就放心了。把稿件又塞给我。

想干什么？我陡然变色。

妹妹说，我写好了，属于我的事就干完了，剩下的活儿就是你的了。你在文学界有那么多的朋友，帮我转一下稿子，该是轻而易举的啊。

我说，是啊是啊，举手之劳。但是，我不能给你做这件事。

在旁侧耳细听的老母搭了腔，你平常不是经常给素不相识的文学青年转稿子吗，怎么到了自己的亲妹妹头上反倒这样推三阻四？

我把手压在妹妹的文稿之上，对她说，转稿子是很容易的事情，只是我想让你经历一个文学青年应该走的全部磨炼过程。正是因为你不仅仅是为了发一篇稿子，你是为了热爱，把写作当作终生喜爱的事业来看待的，所以我更不能帮你这个忙。为你转了稿，其实是害了你。经了我的手，你的稿子发了，你就弄不清到底是自己已到了能发表的水平还是沾了姐姐的光。况且我能帮你发一篇，我不能帮你发所有的篇目。

就算我有力量帮你发了所有的作品，那究竟是你的能力还是我的能力呢？一个有志气的人，应该一针一线、一砖一瓦都由自己独立完成。

妹妹沉思良久后说，姐姐，这么说，你是不愿帮我的忙了？

我说，妹妹，姐姐愿意帮你。只是如何帮法，要依我的主意。在这件事上，请你原谅，姐姐只肯出脑，不肯出手。我可以用嘴指出你的作品有何不足，但我不会伸出一根手指接触你的稿子。

老母在一旁说，是不是因你当初是单枪匹马走上文坛的，今天对自己的妹妹才这般冷面无情？

我说，妈妈，我至今感谢你和父亲在文化圈子里没有一个熟人，感谢我写第一篇作品时的举目无亲。它激我努力，逼我向前。我不能因自己干了这一行，就剥夺了妹妹从零开始的努力过程。这对于一个作家是太重要的锻炼，犹如一个婴儿是吃母乳还是喝苞谷糊糊长大，体质绝不相同。

妹妹说，姐姐于我，要做西西里岛上出土的维纳斯，不肯伸出双臂。

我说，错。维纳斯的胳膊是别人给她折断的，欲补不能。我是王佐，自断一臂。

妹妹说，我懂了。

在其后又是将近一年的时光中，妹妹像没头苍蝇似的，为她的文稿寻找编辑部。我在一旁冷眼旁观，这中间我有无数次机会举荐她的稿子，但我时时同自己想要帮她一把的念头，做着不懈的斗争。我替毫不相干的青年转稿子，殷勤地向编辑询问他们稿子的下落，竭尽全力地为他们的作品说好话……但我信守诺言，没有一个字提及妹妹的作品。

妹妹在图书馆找到各种编辑部的地址，忐忑不安地寄出她的稿子，然后是夜不能寐的、漫长焦灼的等待……终于，她的十篇文稿全部投中，在各种刊物上发表了。

居然无一退稿！而且这都是我自己奋斗来的啊！妹妹喜极而泣，自信心空前地加强了。

老母对我说，想不到你这招居然很灵，只是为一服虎狼之药，药性凶猛了些。

我说，哪里是什么虎狼之药，不过是平常人的正常遭遇罢了。我们现在凡做一事，总是先想到认识什么人，试图依靠他人的力量。其实，这世上最值得信赖的人正是你自己。尤其是那种成功概率比较低的事，更要凭自己的双手去做，以积累经验。过程掺了水分，不如不做。

老母笑吟吟地说，现如今两个女儿的文字都可换回些柴米油盐酱醋茶钱，喜煞人也。

我拉着妹妹的手说，革命尚未成功，你我仍须努力啊。

娘间谍

　　我和她的相识，有点儿意思。我称她"娘间谍"——是她自己告诉我这个绰号的。我从小就很惊叹间谍的手段和意志力。

　　那天上班时分，传达室打来电话说："有一个女人说是你的亲戚，找上门来，你见不见？"我说："是什么亲戚呢？"师傅说："她支支吾吾地说不清楚，我们觉得很可疑。你直接问她吧，检验一下。要是假冒伪劣的，我们就打发她走。"

　　传达说着，把话筒递给了那女人。于是，我听到一个低低的气声，耳语一般地说："毕作家，我不是你亲戚，可是我有重要的事情要对你说……啊，你怎么不记得我了呢，真是贵人多忘事啊！表姑全家还让我问你好呢，你赶快跟传达室的师傅说一下，让我上楼吧，他们可真够负责的了，不见鬼子不挂弦……师傅，您来听本人说吧……"

　　后半截的声音明显放大，看来是专门讲给旁人听的。于是，我乖乖地对传达室同志说："她是我亲戚，请让她进来。谢谢啦！"几分钟后，她走进门来。个子不高，衣着普通，五官也是平淡而无奇的那种，没有丝毫特色，令人疑惑刚才那番精彩的表演是否出自这张平凡的面庞。

她不客气地坐下，喝茶。说："一个作家，又好找又不好找。说好找吧，是啊，报上有你的名字，实实在在的一个人。电脑这么发达了，找个人，按说不难。可是，具体打听起来，报社啊编辑部啊，又都不肯告诉我，好像我是个坏人似的……"

我说："真是很抱歉。"

她笑起来说："你道什么歉呢？又不是你让他们不告诉我的。再说，这也难不住我，我在家里专门搞侦破，我女儿送我一个外号，叫——'娘间谍'。"

我目瞪口呆，半晌说："看来，你们家冷战气氛挺浓的啊。"

她收敛了笑容说："要不，我还不找你来呢！你能不能帮帮我？"

我说："到底出了什么事？"

她说："我就有这一个女儿。我丈夫和我都是高工，就像优良品种的公鸡母鸡就生了一个鸡蛋，你说，我能不精心孵化吗？从小我就特在意女儿的一言一行。小孩子要是发烧，三等的父母是用体温表，水银柱蹿得老高了，才知道大事不好。二等的家长是用手摸，哟！这么烫啊！方发觉孩子有病了。我是一等的母亲，我只要用眼角这么一扫，孩子眼珠似有水汽，颧骨尖上泛红，鼻孔扇着，那孩子准是发烧了。我这眼啊，比什么体温表都灵。

"女儿小的时候，特听我的话。甭管她在外面玩得多开心，只要我在窗台上这么一喊，她就腾腾地拔腿往家跑。有一回，跑得太快，膝盖上磕掉了那么大一块皮，血顺着裤腿流，脚腕子都染红了。邻居说：'看把你家孩子急的，不过是吃个饭，又不是救火，慢点儿不行？'我说：'她干别的摔了，我心疼。往家跑碰了，我不心疼。听父母的话，就得从小训练，就跟那半个月之内的小狗似的，你教出来了，它就一辈子听你的。要是让它自由惯了，大了就扳不过来了。'

"左邻右舍都知道我有一个百依百顺的女儿，我也挺满意的。现今都是一个孩子，我们今后就指着她了。让她永远和父母一条心，就是自己最好的养老保险。"

我忍不住打断她说："你这不是控制一个人吗？"

她说："你说得对啊，不愧是作家，马上抓到了要害。要说我这个控制，还和一般的层次不一样。我做得不留痕迹。控制最基本的要素，就是掌握信息。对儿女，你知道了他的信息，就掌握了他的思想。你想让他和谁来往，不想让他和谁来往，不就是手到擒来的事了吗？比如，她常和哪些同学联系，我并不直接问她，那样，她就会反感。年轻人一逆反，完了，你让他朝东他朝西，满拧。我使的是阴柔功夫。我也不偷看她的日记，那多没水平，一下子就被发现了。现在的孩子，狡猾着呢。我呀，买了一部有重拨功能的电话机。她不是爱打电话吗，等她打完了，我就趁她不在，'啪啪'一按，那个电话号码就重新显示出来了。我用小本记下来，等到没人的时候，再慢慢地打过去，把对方的底细探来。这当然需要一点儿技巧，不过，难不倒我。"

我点点头。不是夸奖这等手段，是想起了她刚在传达室对我的摆布。

她误解成赞同，越发兴致勃勃。

"女儿慢慢长大了，上了大学，开始交男朋友。这可是一道紧要关口啊。我首先求一个门当户对，若是找个下岗女工的儿子，我们以后指靠谁呢？所以，我特别注重调查和她交往的男孩子的身世。一发现贫寒子弟，就把事态消灭在萌芽状态。"

我说："这能办得到吗？恋爱的通常规律是——压迫越重，反抗越凶。"

她说："我不会用那种正面冲突的蠢办法。我一不指责自己的女儿，那样伤了自家人的和气；二不和女儿的男友直接交涉，那样往往是火上浇油。我啊，绕开这些，迂回找到男方的家长，向他们显示我家优越的地位，当然，这要做得很随意，让他们自惭形秽。还说女儿是个骄娇二气小姐，请他们多多包涵，让他们先为自己儿子日后的'气管炎'捏一把汗。最后，做一副可怜相，告知我和老伴浑身是病，一个女婿半个儿，后半辈子就指望他们的儿子了……"她说到这里，得意地笑了。

我按捺住自己的不平，问道："后来呢？"

她说："后来，哈哈，就散伙了呗。这一招，百试百灵。我总结出了一个经验，下层劳动人民，自尊心特别强，神经也就特脆弱。你只要影射他们高攀，他们就受不了了。不用我急，他们就给自己的小子施加压力，我就可以稳操胜券、坐享其成了。"

我说："你一天这般苦心琢磨，累不累啊？"

她很实在地说："累啊！怎么能不累啊？别的不说，单是侦查女儿是不是又恋爱了，就费了我不少的精力。后来，我发现了一个好办法，说出来，你可不要见笑啊。女儿是个懒丫头，平日换下的衣服都掖在洗衣机里，凑够了一锅，才一齐洗。我就趁她走后，把她的内裤找出来，仔细地闻一闻。她只要一进入谈恋爱阶段，裤子就有特殊的味道，可能是激素吧，反正我能识别出来。她不动心的时候，是一种味道，动了真情，是另一种味道……那味儿一出现，我就开始行动了……近来她好像察觉了，叫我'娘间谍'，不理我了。你说我该怎么办？"

天哪！我大骇，一时间，什么话都对答不出。在我所见到的母亲当中，她真是最不可思议的之一。

我连喝了两杯水之后，才把自己的情绪稳定住。我对她讲了很多的话，具体是些什么，因为在激动中，已记得不很清楚了。那天，她走时说："谢谢你啦！我明白了，女儿不是我的私有财产，我侵犯了女儿的隐私权。我会改的，虽然这很难。"

我送她下楼，传达室的师傅说，亲戚们好久没见，你们谈了挺长时间啊。

我叹口气说："是啊。我很惦念她的女儿啊。"

分手时，"娘间谍"对我说："你要是有工夫，就把我对你说过的话写出来吧。因为我得罪了不少人，我也没法一一道歉了。还有我的女儿，有的事，我也不好意思对她说。你写成文章，我就在里面向大家赔不是了。"

"娘间谍"走了，很快隐没在大街的人流中，无法分辨。

出卖冥位的女生

来访者是一名中年女子，名叫鞠鸣凤，衣着得体，在她的登记表"心理咨询事由"一栏中，填写的是："人为什么要出卖冥位？"结尾处的问号又长又大，像一根生了锈的铁锚直击海底。

我看着这问号愣了一会儿。别说她不知道这个问题的答案，我连冥位是什么东西都不清楚。好在，我并不着急。世界上的万物就是如此复杂，一个咨询师不可能什么都知道。这不是咨询师的耻辱，只是一个真实。不过，世界上的万物又都是有规律可循的，只要跟随着来访者的脚步，我们就有可能一同到达彼岸。

鞠鸣凤坐下后，第一句话是，您知道什么是冥位吗？

我老老实实地回答，不知道，很希望您告诉我。

鞠鸣凤说，冥位就是埋葬死人的地方，可以是一块地，也可以是一棵树、一个花坛，也可能是灵塔上的一个格子。

我明白了一点点，但更糊涂了。我说，难道一个人可以埋在这么多地方吗？

　　鞠鸣凤说，不是。也许是我没说清楚，每个人死后只占据一个冥位，冥位是商品。要知道冥位是可以买卖的。现在房地产涨价，阴间的地盘也紧张起来，所以，有些人成了殡葬业的推销员，就是出卖冥位的人。

　　原来是这样。大千世界，真是无奇不有啊。我说，谢谢您告诉我了这样的知识。原来出卖冥位是世上的新行当。

　　鞠鸣凤说，本来这行当新呀旧呀的跟我没关系，可没想到我的女儿鞠小凤卷了进去，每天像着了魔似的推销冥位……

　　我有点吃惊。鞠女士的年纪也就四十出头，她的女儿能有多大呢？不到二十岁吧？小小年纪就成天推销埋葬死人骨灰的地方的业务员，这太匪夷所思了吧？鞠鸣凤看出了我的疑惑，说，是啊，她还在上高中。我今天来找您，就是为了解决她的问题。现在，我马上出去，把她换进来。让她自己跟您说说到底是怎么一回事吧！说完，她起身走出门去。外面负责接待的工作人员不知发生了何事，以为她对我的咨询不满而要半路上扬长而去。

　　我轻轻摆摆手，示意工作人员不要阻拦。

　　这真是我工作经验中的一件新鲜事。咨询过程居然像篮球比赛，玩起了半路换人。我且要看看这个正上高中却成了冥位推销员的小姑娘是个怎样奇特的人。或许穿着哈韩哈日的肥腿裤吧？或者衣衫褴褛，头发被发胶粘成图钉状？或者一身迷彩，戴着贝雷帽、手握仿真枪……

我所有的想象都在现实的面前碰得粉碎。鞠小凤身材高挑，健康活泼，身穿一套天蓝色夹有雪白条纹的校服，一步三跳地走了进来。她毫不认生地一屁股坐在她妈妈刚才坐的位置，说，嘿！听我妈妈一讲，您一定以为我是个怪物吧。其实，我非常正常。本来不打算到您这儿来的，后来一想，我也没见过心理咨询师是什么样的，开拓一下自己的见识也很重要。再说，没准我还能向您推销一个两个冥位呢！

目瞪口呆。没想到我居然成了她的推销对象。

我调整了一下思绪，说，小凤，谢谢你。我还真没想到要为自己置办一处冥位的问题。

鞠小凤丝毫不受打击，依旧兴致勃勃地说，没想到不要紧，现在开始想想也来得及。您知道，伟大领袖毛主席说过，人必有一死。死了以后，您住在哪里呢？总要有一个地方吧？要么变成一棵树，要么变成一朵花，要么就安安静静地睡在泥土里……你现在就可以选择。对了，老师，我现在就向您介绍一个好地方，山清水秀的，空气可好了。最主要的是邻居好……

邻居好？我不由得失声追问。

对啊！鞠小凤兴头正高，眉飞色舞地说，您以为灵魂就不需要邻居了吗？一样需要，甚至更重要。因为灵魂像风一样，经常到外面去飞翔，自己的家就要托邻居照料。这处冥位，旁边都是知识分子，有大学教授啊，有律师和医生啊，最有意思的是，还有一位是大使，这样您还可以听到很多外国的故事……鞠小凤说得津津有味，我跟着她的语调，真的想到了一片开阔的青草地，鸟语花香，然后仿佛看到一群西装革履的人正谈笑风生。

天啊，这个小姑娘真是不简单，连我这把年纪的人都被她蛊惑了。

怎么样？买一个冥位吧！鞠小凤问我。

我赶紧回到自己的工作状态，对她说，你干这行多长时间了？

鞠小凤说，没多久。我是偶然知道这个消息的。其实并不复杂，都是正规陵园，手续齐全。我们推销出一套冥位，就能有一定的提成。我也不会耽误学习。

我说，你做这个工作，是为了挣钱吗？

鞠小凤说，挣钱肯定是一个原因。像我们这个年纪的女孩子，都是向家里要钱的。我第一次拿到提成时，非常高兴。

因为这证明了我的能力。但是，钱并不是最重要的。

我点点头表示理解，追问，那么，什么是最重要的呢？

鞠小凤好像很不愿意触及这个问题，说，一定是我妈妈跟你说了我的很多坏话。好像我一个女孩子干这事，是大逆不道。她非常害怕死亡，还说，等我以后长大了，要是让人知道我曾经干过这个行当，我肯定会嫁不出去了。可是，我不怕。我不害怕死亡。

鞠小凤说这些话的时候，神色迷离，目光弥散，一下子失魂落魄。

按说一个女孩子不害怕死亡，是难得的勇敢，可我总觉得有什么地方不对头。不过，从这个方向探寻她的内在世界，难以进入。我略一沉思，发现了一个问题——她妈妈叫鞠鸣凤，她叫鞠小凤。按说"鞠"这个姓氏并不常见，难道说一家三口人都姓鞠不成吗？如果不是这样，鞠小凤就是从母姓，那么鞠小凤的父亲到哪里去了呢？

我决定从这个方向入手。我说，小凤，我看你对死亡的认识很豁达，如果你不介意的话，能同我谈谈你的父亲吗？

鞠小凤说，我妈妈没跟你说吗？

我说，没有，她只是说到了你。

鞠小凤平静地说，我的亲生父亲在我很小的时候就在一次飞机失事中去世了。当时飞机一头扎到海里，所有的人尸骨无存。后来，我妈妈就带着我改嫁了，继父对我很好。嗯，很简单，就是这样。我妈妈又把我的姓改成了她的姓。从此，我的亲生父亲在这个世界上就没有任何痕迹了。

我发觉鞠小凤把"尸骨无存""任何痕迹"几个字咬得很重。如果把她这段话比作一块木板，那么，这几个词，就像木板上凸起的木疤，显而易见，触目惊心。

我基本上找到了症结。我说，你非常思念你的父亲？

鞠小凤的眼眶一下子红了，说，无论我的继父对我多好，可是，我的骨头、我的牙齿、我的头发，不是他给我的，是那个在这个世界上消失得无影无踪的人给我的。我非常想念他。可是，我不敢让我妈妈发现，那样，她就会觉得委屈了我。其实，那不是她的过错。我只是用我的方式纪念我父亲。

我紧紧跟上一句，什么叫作你的方式？

鞠小凤说，那就是思索和死亡有关的一切。比如，我认为死后是有灵魂的。我认为人是应该留下一点痕迹的。不然的话，我们的哀伤就找不到地方寄托。

我知道，我们已经渐渐逼近了问题的核心。

我说，你觉得哪些可以称为痕迹呢？

鞠小凤说，比如一块土地，比如一朵花，比如一棵树。不能什么都没有。那样，活着的人会受不了的。

我说，所以，你父亲的逝去让你受不了。所以，你就选择了出售冥位。你希望和你有一样遭遇的人可以找到寄托自己哀思的地方。其实，你最希望的是知道父亲居住的地方。

鞠小凤没有任何先兆地放声痛哭。少女的声音清脆而具有穿透力。

鞠小凤的妈妈不顾一切地推开门，想冲进来。我赶忙走出去，好在鞠小凤沉浸在自己的巨大伤感中，并没有发觉这一切。

鞠妈妈焦虑万分地说，这孩子怎么啦？我拉着她来看心理医生，没想到她号啕痛哭。看样子，旧病未去，新病又来，这孩子是越来越不靠谱了。

我说，您放心。她在为自己的父亲感到哀伤。

鞠妈妈半信半疑说，她那时候非常小，几乎不记事啊。

我说，鞠小凤是个非常聪明敏感的孩子，对父亲的怀念，让她比一般孩子更早熟。这种没有经过处理的哀伤，一直潜伏在她的心灵深处，所以才有了去出卖冥位这样的怪异选择。现在，就让她尽情地哭一场吧。

我们就这样一直安静地等待着，直到鞠小凤渐渐停止了哭泣。我走进去，说，你可以给你的父亲写一封信，把你所有想和他说的话都写在里面。

鞠小凤说，写好了之后呢？

我说，你可以把它放在河流中，也可以系在一棵树上，也可以用火焰烧掉。在古老的习俗中，火焰是通往另一个世界的阶梯。

　　鞠小凤擦着眼泪说，我明白了。冥位其实就在我们思念亲人的任何地方。